JN095608

抜け首伝説の殺人

巽人形堂の事件簿

白木健嗣
Kenji Shiraki

光文社

抜け首伝説の殺人　巽人形堂の事件簿

装画　100年
装幀　bookwall

目次

プロローグ

前川加奈はひとり夜道を歩いていた。時刻はすでに午後七時半を回っている。この日は部活動の夜練があり、遅い時間まで練習があった。

彼女は三重県四日市市の智積町に住んでいた。智積町は彼女の通う高角中学校の北西にある。同じ四日市市内でも、街の方と比べると山裾の智積町は気温が低く、風も強い。降雪も多いため、地域の雪かきに駆り出されることもめずらしくなかった。この肌を突き刺すような容赦ない寒さは、毎年経験しても慣れることがない。

山から吹き下ろす風は冷たく、手袋をしていてもなお指がかじかんだ。ろくに舗装されていない畔道は歩くたびにじゃりじゃりと音がし、つま先には靴裏の小石がしっかりと感じられる。加奈は手袋をした両手で口元を覆いつつ、暗い田んぼ道を歩いた。

正面からざわざわという音が聞こえる。彼女が身構えるのと同時に、強い風が吹いた。中学校の西には一生吹山という小さな山があり、風が吹くときは山の木々がざわめくため、すぐにわかるのだ。

身を切るような風が吹きつけ、ウインドブレーカーのフードをはためかせる。加奈は正面やや左にある一生吹山を見た。標高は百メートル程度の低山だが、背の高い建築物が少ないこの地域ではどうしたって目につく存在だった。

特に夜ともなれば異様な存在感を放っている。山の付近だけ黒々としており、民家の灯りや街灯の頼りない光を吸い取っているように見える。まるで巨人がうずくまっているような圧迫感で、山というより炭のような、真っ黒い塊なのだ。

　加奈は昔からこの山が苦手だった。それは単にこの山が陰気で不気味だからというだけではない。一生吹山に住む者たちが苦手だったからだ。

　彼女の住む智積町には県内有数の酒蔵があり、その酒蔵を経営する一族が代々この山の頂上付近に居を構えているのだ。この一族の当主は町の名士でもあるのだが、いつも厳(いか)めしい顔をしてむっつりと黙り込んでいる姿が印象的だった。蔵で働く職人たちも無骨で気性の荒そうな者が多く、できることならば関わりあいになりたくないと思っている。

　彼女は意識的に一生吹山を視界から外し、薄さびしい畔道を歩いた。冬の田んぼ道ほど寂しいものはないだろう。点在するわずかな民家の灯り以外は、燃え尽きそうな街灯の光しかない。冬のくせに虫だけは多く、街灯に照らされた無数の羽虫が粉雪みたいに舞っている。街灯の柱は薄汚れ、根元の部分は犬のひっかけた小便の跡が染みついていた。光はぼんやりと頼りなく、照らすというより所在なげに道の上に落ちているだけである。

　ふと、視界の端で、なにかが動いた。

先ほど意識的に視界から外した一生吹山の方向だった。

なにかが、飛んでいる。

暗闇に溶け込んではまた出てきて、規則性もなく飛び回っている。

鳥ではない。羽ばたいているようにはまったく見えない。黒い塊が浮遊しているのだ。

地上七、八メートルの高さだろうか。街灯よりも高い位置を飛んでおり、先ほどまでは気づかなかったのだ。

加奈は駆け足で飛行物体までの距離を縮めた。

黒い塊は、最初はスイカのように見えた。輪郭はぼんやりしているが、なんとなく丸いように見えたからだ。

しかし物体が一瞬高度を下げて街灯に照らされた刹那（せつな）、加奈は思わず声をあげていた。

スイカなどではなかった。全然違っていた。

それは、人の顔だった。

先ほどまでスイカのように見えていたのは、浮遊している顔がたまたま後頭部を加奈の方に向けており、顔面の部分が見えなかったからだ。

だが、いま加奈の見上げた先にあるそれは、間違いなく老人の顔であった。

男の顔だ。

目は見開かれ、薄く開いた口は笑みを浮かべているようにも見える。

街灯の光を下から受けて闇夜に浮かびあがったそれは、ちょうど暗闇で懐中電灯を顔の下から照らしたときのようだった。

加奈は信じられない気分で放心していた。生首が飛んでいる、と思いながら、呆けたように見つめていた。だがさらに驚いたことに、加奈はその老人の顔に見覚えがあった。

一生吹山に住んでいる酒蔵の当主に似ているのである。

生気のない、そして温かみのない顔だが。

体が動かなかった。先ほどまで感じていた寒さすら消え失（う）せていた。

――ひっひっひ。

闇夜に、笑い声が響いたような気がした。

加奈は恐怖のあまり歯をガチガチ鳴らしながら震えていた。

生首はそんな彼女を見つめながら、笑みを浮かべていた。

ひっひっひ、という不気味な声が、山から吹く風に混じってもう一度聞こえた。

加奈は恐怖のあまり気絶しそうになったが、目の前に浮かぶ頭がゆっくりと自分の方に近寄っていることに気づいたとき、思わず走りだしていた。

「助けて！」

加奈は叫びながら畔道を引き返した。

砂利が跳ね、風とともに土埃（つちぼこり）が狂ったように舞う。

「助けてっ！」

一生吹山がざわざわと音を立てる。

——ひひひひひ。

首が笑い声をあげながら追いかけてくる。

「誰か、助けて！」

ひっひっひっひ。

再び風が吹く。山の木々がざわめく。

加奈は悲鳴をあげながら走っていた。自分が叫んでいることにすら彼女は気づかなかった。

老人の首が恐ろしい形相で迫ってくる。加奈は力の限りに走ったが、生首もまた不気味な笑い声とともにどこまでも追いかけてきた。

「誰か！」

叫びながらうしろを振り返る。首は徐々に自分との距離を詰めている。息が切れ、悲鳴が細切れになる。気が変になりそうだった。

恐怖で手足がうまく動かない。足が重く、もどかしかった。

激しく揺れる視界の先に、学校の光が見える。あそこまで戻れば——、そう思ったときだった。膝から力が抜け、がくっと腰が落ちた。そのまま加奈は前のめりに倒れ、したたかに顎を打ちつけていた。

不思議と痛みはなかった。

口の中で鉄の味がして、下顎が痺（しび）れている。足に感覚がない。加奈はもううしろを振り向くことすらできなかった。だが、生首は自分のすぐ背後に迫っており、いまにも首筋に嚙（か）みついてくる予感があった。

身を起こそうとしたが、四つん這（ば）いになるので精一杯だった。体が立ち方を忘れていた。

加奈は這ってでも逃げようとしたが、畔の端から転がり落ちてしまった。乾燥した砂と枯れ草が口に入る。田んぼに転落したのだ。転落した衝撃と恐怖による混乱で気が遠のきかけていた。意識が薄れ、それが心地よくさえ感じる。

遠くの方から声が聞こえた。誰かが叫んでいる。それはきっとあの首の声なのだ。

抱き起こされた瞬間、彼女は恐怖のあまり手足をめちゃくちゃに動かして抵抗した。

落ち着け、大丈夫だから、という声がしてこわごわ目を開けた彼女は、暗がりの中に見慣れた顧問の顔を見た。悪夢から生還したのだと思った。安堵（あんど）と同時に、打ちつけた顎や擦りむいた手足にじわじわと痛みが蘇（よみがえ）った。さきほど味わった恐怖より、助けられているいまの方がよほど信じられなかった。

加奈は泣きながらいま見たことを話した。しかし、ありのままを話しているにもかかわらず、自分でもよく理解できなかった。

不気味な笑みを浮かべた顔は、もうどこにも見当たらなかった。一生吹山がざわめき、また風が吹いた。

第一章

「わーっ、おっきな家だね。こんなところによく建てたね！」

巽藤子が屋敷を眺めてそう言ったとき、早川はまだ車のエンジンを切ってさえいなかった。駐車場に車が滑り込むと同時に藤子が飛び出していったからである。早川があとに続くと、藤子は昨夜から続く強風に髪を押さえつつ屋敷を見上げていた。

「さあ、こちらへどうぞ」

早川は藤子の荷物を両手に抱え、屋敷の表へと回った。彼女はからくり人形の修理のため、藤子を加賀屋家の屋敷へと招いたのである。加賀屋家は江戸末期より三重県四日市市内で酒蔵を営んでおり、彼女はこの加賀屋酒造の従業員だった。

藤子は早川に先駆けて屋敷の正面に回り、もう一度目を大きく開けて全体を眺めた。

屋敷は、大正十二年に愛知県犬山市より大工を招いて建てさせたものである。正面に半間の下屋をつけ、屋根の破風の上面は丸く膨らんだ起り屋根になっている。

一階正面左の一間が腰高障子の玄関で、内側は大戸だが、普段は小さな引き戸から出入りしていた。二階は黒漆喰壁なのに対し、一階は石灰とスサに黄土を原料とした黄の大津壁で、歴史と威厳を兼ね備えた佇まいである。

母屋の屋根は横から見るとへの字形になっていた。これは、正面側は二階建てなのに対し、背面は平屋というめずらしい構造のためである。四日市の伝統工芸品である萬古焼の置物と形が似ているため、バンコ二階というのだと、早川は以前、加賀屋家の当主である蔵之介から教わっていた。

　二人が玄関をくぐろうとしたとき、もう一度強い風が吹いた。この日は朝から強風注意報が出されるほどだったが、屋敷に吹きつける風が強い理由はそれだけではない。この屋敷は市の西部にある一生吹山という山の頂上付近に建てられているのだ。木々を伐採して切り開いた空閑地にあるため、平地より強い風が吹くのも当然である。

　唸るように音を立てて土埃が舞い、二人は風に追い立てられながら屋敷に飛び込んだ。

「ただいま戻りました。お客様をお連れしております」

　早川が玄関から声をかけると、廊下の奥から音もなく女が姿を現した。蔵之介の娘、歩美である。

「誰を連れてきたの？」

　歩美の声は早川をとがめるように冷たかった。

「巽藤子様でございます。からくり人形の修理にお越しいただきました」

「おまえが勝手に連れてきたの？」

「いえ、滅相もございません。蔵之介様からお連れするようにと言われたのでございます」

　歩美は険しい顔で藤子を見下ろしていたが、やがて「どーも」と藤子が会釈すると、軽く鼻を鳴らして去っていった。

「不機嫌なのかな」

　藤子はわざとらしくおどけてみせた。

「ご無礼をお許しください。歩美様は警戒心のお強い方なのでございます。ここ最近は特に神経質と申しますか、気忙しいご様子でございますので……」

土間に入るとすぐ右手に沓脱石があり、そのまま客間に面している。客間は左隣の茶の間と襖で隔てられているが、大勢で食事をする際はこの襖を取り払って大部屋にしていた。

いま、茶の間からはぼそぼそと話し声が聞こえている。蔵之介と、歩美の夫である和成が話をしているのだろう。当主の娘、歩美の婿養子としてやってきた和成は、加賀屋酒造の次期当主である。五月上旬のいまは酒造りの閑散期だが、今年度の生産計画や経営方針などを二人で話し込んでいた。蔵之介は齢七十となり、隠居を考え始めている。そのため、酒造りだけでなく経営そのものを和成に引き継ごうとしているのだった。

客間の奥は仏間となっており、その左隣が、からくり人形の置かれている奥座敷である。

「どうぞこちらへ」

廊下を進んで藤子を案内していると、ふいに縁側で藤子が足を止め、裏庭を眺めた。裏庭はさして広くはなく、奥の方に離れがある。裏庭の向こうは急斜面で、竹藪が深く茂っていた。

「あれはなに?」

藤子が庭を見下ろし、離れの向こうにあるコンクリートの蓋を指さした。

「古井戸の跡でございます。随分昔に井戸があり、いまは使わなくなったため、井戸枠を撤去して蓋をしているのだそうです」

早川は説明をしながら縁側を進み、奥座敷の襖を開けた。畳を敷き詰めた十畳の和室は、中央に重厚な座卓が据えられ、隅に座布団が積まれている。奥の仏間へと続く鴨居の上には欄間が設けられ、花鳥風月をあしらった透かし彫りがほどこされていた。屋敷の随所にこのような味わい深い意匠が凝らされている。

座卓の上に教科書とノートが置かれているのは、先ほどまで雅（みやび）がいたためだろうと早川は思った。雅は歩美と和成の一人娘である。

「失礼しまーす」

無作法に声をあげながら座敷に入った藤子だが、畳の縁（へり）や敷居を踏まぬよう気をつけていることに早川は気づいた。

目当てのものは、四尺漆塗りの飾り棚に置かれていた。『現身（うつしみ）』と名付けられたからくり人形である。

『現身』は傀儡（くぐつ）師の人形が台を抱えており、その台の上にまた別の人形が載っている。ゼンマイを回してやると、傀儡師が台から伸びている紐（ひも）を引き、人形が踊ってみせるのである。

人形がうまく演舞を終えると、傀儡師は得意げな顔をする。さらに器用なことに、人形は四度目の舞いで転倒し、それに合わせて傀儡師が弱ったというように右手を額に当てるのだ。つまるところこの傀儡師は、人形ではなくあたかも人間のように振る舞い、滑稽な様を見せてくれるというからくりだった。

台を抱えた傀儡師は、あたかも来客をもてなすかのように、ほほえみながら正面を向いている。しかしいまはゼンマイを巻いてもまったく動かなかった。先日、雅が誤って落としてしまい、故障したためである。このからくり人形は部品が多く構造も複雑なため、修理を依頼したのだった。

「あ、久しぶり」

『現身』を見た途端、藤子は旧友に再会したように片手を上げた。

「これね、わたしが小さい頃はウチにあったんだ。じいちゃんが若い頃に作って、ずっと手元に置いていたけど、資金難になって売りに出したんだ。そしたらここの当主の蔵之介さんが、支援の意味も込めて高値で買い取ってくれたんだってさ」

「さようでございましたか」

　早川は努めて平静を装いながら、蔵之介の意外な一面を知って驚いていた。というのも、蔵之介は自他ともに認める厳格な性格で、そのような手心を加えることがあるとは思わなかったからである。酒造りでは一切の妥協がなく、七十になったいまも蔵元杜氏（とうじ）として辣腕（らつわん）を振るっている。その厳しさは実の娘である歩美や、孫である雅に対しても同様であった。

　しかし、早川はそんな蔵之介のことを慕っていた。

　彼女は二度の休学を経て夜間定時制の高校を出たあと、二十歳でこの酒蔵に入っている。当時、まだ酒は男の造るもので、酒蔵は女人禁制だと立ち入りを拒む蔵人（くらびと）もいた。しかし蔵之介はその蔵人を一喝し、酒造りに男も女もないと言ってくれたのである。それ以来、早川は二十余年にわたって加賀屋酒造に勤め続けている。

　藤子は手慣れた様子で人形を持ち上げ、座卓の上に置いた。そして傀儡師の抱える台にかけられた布をめくると、側面の板を外して内部のからくりを露（あらわ）にした。

「痛かったねえ、大丈夫だった？」

　小児科で診察するお医者さんのように、藤子は人形に声をかけつつ、からくりの動作を確認し始めた。おちゃらけているのかと早川は思ったが、藤子の表情はけしてふざけているようには見えなかった。むしろ、先ほどまでよりまじめそうである。

　怪訝（けげん）な思いに駆られた早川だったが、茶菓子でも用意すべきと思い、お勝手へ向かった。

「おい」

早川が湯を沸かしていると、茶の間から声がした。彼女をそのように呼びつけるのは蔵之介くらいである。

「はい」

早川が振り向くと、ちょうど蔵之介が茶の間から出てくるところだった。総白髪に豊かな髭をたくわえ、目は落ちくぼんでいるものの、それでも眼光の鋭さだけは衰えていない。

「もうすぐ蛭川が来る。わしは部屋で休んでおるから、来たら客間に通しておけ」

「かしこまりました」

蔵之介はゆっくりと、まるで足裏で廊下の感触を確かめるように、二階へと上がっていった。かつては恰幅もよく、肩をいからせるように歩いていたが、ここ数年はすっかりやせ細ってしまった。顔をやや前に突き出し、猫背気味になって歩くため、うなじの棘突起が際立って見える。階段の手すりを摑む手には青白い血管が浮きあがり、かつての力強さはもう感じられない。

茶を淹れて菓子とともに座敷に運ぶと、藤子は鞄から錐のような細長い工具を取り出し、険しい表情で修理を始めていた。すでにいくつかの部品は取り外され、白地の布の上に丁寧に並べられている。

「よろしければどうぞ」

早川が茶菓子を座卓に置いても、藤子は人形の内部から目を離さなかった。早川に気づいていないのか、「ちょっとごめんねー、はーいもう大丈夫」などとぶつぶつぶやいて人形をいじっている。

その様子に気圧され、彼女はなにか世間話でもと思っていた言葉を吞み込んでしまった。

藤子に人形修理を依頼したものの、実は早川は藤子の技量について半信半疑であった。そもそも、彼女は先週蔵之介から修理の依頼を命じられるまで、巽藤子の存在すら知らなかったのである。
だが、蔵之介がなぜ名指しで藤子に依頼したのか、その理由だけは知っている。藤子が、江戸時代より続くからくり人形師、巽鉢玄の十代目に当たるからだ。

巽鉢玄。

江戸後期より活動するこのからくり人形師の名跡は、代々巽家の一族が襲名してきた。時代ごとに優秀なからくり人形師が名跡を継承するのではなく、巽鉢玄は巽家の血族が延々と継いでいるという点に特色がある。

なんの学もない早川でさえその名を知っているのは、それが国内随一のからくり人形師であるというばかりではない。

三重県四日市市には、日本最大のからくり人形である大入道を乗せた山車があった。この大入道は身の丈三・九メートルもある巨大な人形だが、なんとも面妖なことに首を伸ばしたり、舌や目、眉を動かして滑稽な振る舞いを演じるのである。首の長さは二・二メートルにも及び、その異様な出で立ちは、子どもだけでなく大人でさえ不気味に感じるほどだった。

そしてこの大入道こそ、江戸後期の文化文政時代に初代巽鉢玄が製作したものなのである。大入道山車はいまでも毎年八月の夏祭りや、十月の神社の祭礼で曳き出されており、当代の巽鉢玄が地域の職人と協力しながら維持、修復を行っている。

かねてより四日市市内では高い知名度を誇っていた巽鉢玄だが、その名を全国に知らしめたのは八代目の活躍と、九代目の死にあった。

巽鉢玄は代々独創性に溢れたからくり人形を製作していたが、八代目は人形製作のみならず、自ら全国各地を行脚し、死蔵されていたからくり人形の修理や保管にも尽力した。

からくり人形とは哀しいもので、どれだけ文化的、歴史的な価値があろうと、実用性は皆無である。したがって、現代なら貴重な文化遺産となり得た多くの人形が、持ち主の気まぐれで廃棄され、失われていったのだ。

八代目はこのような人形の保全に努め、死にゆく多くの人形たちを救っていった。この功績が国に認められ、八代目は重要無形文化財の保持者、すなわち人間国宝として認定されるに至ったのである。

八代目の息子であり、高い商才を発揮した九代目は、四十七歳という若さで巽鉢玄を襲名した。やがて、九代目はからくり人形だけでなく身代わり人形の製作、販売を開始して人気を博すことになる。子の不幸を肩代わりし、病や災いを一身に背負うという身代わり人形は、人間国宝の息子が手作業で製作しているという話題性と相まって、爆発的な売り上げを記録した。衰退する人形業界にあって、九代目は時代の寵児となったのである。

しかしいまから七年前、九代目巽鉢玄は妻とともにこの世を去った。

人形とともに焼け死んだのである。

当時、市内の尾平という地にあった人形堂から火が出て、数多の人形もろとも九代目を焼き尽くしたのだ。その衝撃的な光景はニュースを通じて日本中に伝えられた。崩れ落ちた外壁の隙間から、無数の人形たちが燃えている様が映し出され、誰もが震え上がったものである。燃え狂う炎の中、人形たちだけが無邪気に笑っていたのだ。

人々は人形の呪いだと盛んに噂した。捜査の結果、事故と判明したにもかかわらず、伝統ある人形を金儲けに使って罰が当たったのだと、心ないことを言う者さえあった。

四日市の怪火（かいか）と恐れられたこの大火事は、一昼夜をかけて人形堂を舐（な）め尽くし、あらゆるものを灰にした。ただひとり、十代目となる子を残して――。

現在、藤子は人形堂を市内の鵜（う）の森（もり）という地に移し、十代目を襲名せずに人形修理を生業（なりわい）としているようだった。この日、蔵之介が藤子に修理を依頼した『現身』は、八代目が若き日に製作したものである。県の有形民俗文化財に指定されており、故障した際は当代の巽鉢玄に訪問修理を頼んでいたことから、こうして藤子に依頼があった次第である。

依頼は電話で済ませていたものの、早川が巽藤子と会ったのはこの日が初めてだった。

迎えのために人形堂を訪れた彼女は、藤子と視線を合わせた刹那、思わず息を呑んでしまった。自分を見つめる瞳の、その透明感に吸い込まれそうだったからである。

早川は幼いころから顔の湿疹がひどく、そのために目を背けられることもめずらしくなかった。幼児期から毎日爪を立てて掻きむしられた皮膚はまだらに黒ずみ、あるところは赤く腫れ、またあるところは爛（ただ）れ、べたついた粘液が患部から滲（にじ）み出している。もしかしたら自分だけが過剰に気にしているだけなのかもしれないのだが、鏡を直視することをためらってしまうのだ。

たとえ寿命が半分になってもいいから、綺麗（きれい）な肌が欲しかったと早川は常に思っていた。しかし藤子はそんな早川の顔を見ても、少しも視線を泳がせなかったのである。そのように純粋な視線に慣れていない早川は、思わず動揺してしまったのだった。

藤子の肌はみずみずしくて張りがあり、それでいて薄く紅の差した頬は柔らかそうで、早川は思わず触れてみたいとさえ思った。肩まで垂らされた髪は艶があり、風が吹けばさらさらと揺れる様が目に浮かぶようだった。

初対面にもかかわらず親近感を抱かせる優しい面立ちの藤子だったが、しかし人形修理に取り掛かった途端、周囲を遮断するように雰囲気が変わってしまった。すっと目を細め、外界を遮断するかのようにからくりの内部だけに神経を集中させて、人形と会話をしている。早川は半ば感心したような、それでいてどこか不気味な気分で藤子の手先を眺めていた。

作業の邪魔にならぬようにと座敷を出たとき、「やあどうも、こんにちは！」と、がなるような声が玄関の向こうから聞こえてきた。蛭川酒造の当主、蛭川克己（かつみ）である。蔵之介とは懇意にしており、県の酒造りについて頻繁に意見を交わしていた。

「はい」

早川が返事をしながら玄関に向かうと、茶の間から和成も顔を出した。

「やあ、蛭川さん、わざわざご足労いただいてすみません」

和成はすばやく土間に下り、蛭川の鞄（かばん）を持ちながら沓脱へと案内している。

「こちらこそ、二人でおしかけちまってすんませんね」

見ると、蛭川の背後から短髪で色白の男が顔を覗（のぞ）かせていた。蛭川酒造で専務取締役を務める桂木（かつらぎ）だった。

蛭川は六十手前、桂木は四十代半ばで、二人とも和成より年配である。蛭川酒造は大正初期にできた酒蔵で、加賀屋酒造よりは歴史が浅いものの、県内では古い部類の蔵元だ。蔵元杜氏の蛭川はこの道四十年になるベテランで、中学を出てすぐ蔵に入り、日本酒ひとすじの人生を歩んできている。

赤ら顔の蛭川に対し、桂木は青白い顔をしており、蔵人というより世捨て人のような風貌である。

「お二人にお茶をお願いしてもええかな」

客間に通すと、和成が早川にそう言った。

「気いつかってもらわんでもええのに」

上座に座りながら言う蛭川の言葉を背に、早川は再び茶を淹れるべくお勝手に向かった。

蔵之介を呼んだ方がよいかと思案したが、出過ぎた真似だと思い直した。きっと蔵之介は蛭川の来訪に気づきながら、あえて和成に応対させているのだろうと理解したからだ。

蔵之介は三重県酒造組合の会長、蛭川は副会長を務めている。ゆくゆくは和成にも組合の要職に就いてもらいたいという親心から、蔵之介は隠居前に次期当主である和成の存在を周囲にアピールしているのだろう。案の定というべきか、早川が茶を出して少しすると、ようやく蔵之介が客間に入る気配があった。

彼女が洗い物を片づけて掃除をしていると、二階から歩美が下りてきた。怜悧(れいり)な眼差(まなざ)しの中に、やや不機嫌そうな色が見て取れる。

歩美は早川より四つ下で、間もなく不惑に差し掛かろうという年齢である。つり目気味で視線が鋭く、口元はきつく結ばれており、顎をやや上げて見下すように人を見る癖があった。しなを作ったり媚(こ)びたりすることはなく、まだ学生のころから、すでに当主の娘としての威厳が備わっていたと早川は思っている。

二十歳で加賀屋酒造に来た彼女は、その日のうちに歩美と出会い、この女性に尽くしたいと思った。従業員である早川を下女(げじょ)のように扱う歩美の、その気遣いのなさが、彼女には救いのように思えたのだ。早川が勤めに出たばかりのころ、友人と学校から帰宅の途につく歩美に頭を下げても、歩美は一顧だにせず無視していた。また、歩美の帽子が風に吹かれて地面に落ちたときは、早川が拾っても汚らわしそうに受け取り、二度と被ることはなかった。

その容赦のなさ、冷淡さに早川は狂おしいほど惹かれてしまったのである。

彼女は己が醜いだろうと自認しており、それゆえ美しい容姿などとうに諦めていた。そんな早川が自身の生に見出した使命は、美しい人に献身的に尽くし、その美に奉仕することであった。

近年はなんでも個性だと過剰に肯定する向きがある。しかし早川はそのような風潮が好きではなかった。自分の欠点を無理やり前向きに捉え、コンプレックスを克服し、同じ悩みを抱えている者に対して「あなたにもできる」などと言うのである。思いやりがあり、優しく、慈愛に満ち溢れ、独善的で、どうしようもなく残酷な言葉だ。

自身が誰よりも醜いことを認め、そのうえで他人の美に尽くすことが、自分の人生を肯定してくれるのだと早川は信じているのだった。

歩美はいつものように早川を邪険に扱いつつ、「あの人形師、ひとりにしておいて平気なの？」と眉をひそめて言った。

「藤子さんでございますか？　わたくしがいても邪魔になるだけかと思い、修理の方はお任せしているのですが……」

「無垢な顔して腹ん中ではなに企んでるか知れたもんじゃない。おまえが責任を持って目を光らせておきなさい」

歩美は吐き捨てるような口調で座敷を見やった。早川が初めて歩美と出会ってから二十余年、歩美は外見の美しさはそのままに、しかし口調だけはどこかあけすけになってしまっていた。がさつな蔵人たちに囲まれて育ったためだろう。蔵之介は職人たちを家族だと言い、夕飯は蔵人たちを招いて一緒に食べる習わしがあった。生まれてからずっとそんな生活をしていれば、やがて話し方にまで影響するのも無理からぬことだろうと、早川は半ば同情交じりにそう思った。

「修理に時間がかかるようなら、夕飯くらいは出してやりなさい」

「よろしいのですか？」

早川が驚きつつ応じると、歩美は嫌そうにため息をつきながら言うのだった。

「もてなしもせずに帰すなんて、そんな恥ずかしいことできるわけないでしょう」

早川は、歩美が誰よりも加賀屋家の体裁を気にする人間であったことを思い出し、藤子の分を計算に入れて食材を買いに屋敷を出た。

一時間ほどして戻ると、夕飯の準備の前に茶の替えを用意した。客間では加賀屋酒造の誇る純米大吟醸酒『間歩守（まぶまもり）』について、蛭川が話をしているところだった。

「今年も『間歩守』はいい出来栄えでしたな。どうやろ、そろそろ『間歩錦（まぶにしき）』の栽培を県内限定で解禁してみては。もちろん育成者の和成さんに権利があることはわかっとりますが、三重の日本酒ブランドを強化するためにも、ぜひ協力してもらえませんかね」

早川のつぐ茶を受けながら、蛭川が上目遣いにそう言った。

「昨年も伝えた通り、『間歩錦』の生育は不安定なところがある。あの瑞々しい甘みやふくよかな旨味（うまみ）を再現するには、米だけでなく水との相性も重要だ。この四日市の滋養に富んだ水でなければ活（い）かせんと思っておる。迂闊（うかつ）に『間歩錦』を解禁することは質の低下を招き、三重のブランド力を低下させることにも繋（つな）がりかねん。すまんが、まだしばらくは我慢してもらうよ」

蔵之介は正面から蛭川を見つめ返し、腕組みをしたままきっぱりと拒否した。

　早川は、このやりとりを昨年も聞いた覚えがあった。『間歩錦』とは酒造りに適した米、酒造好適米の品種である。加賀屋酒造はこの米を農家から買うのではなく、自分たちで育てているのだった。酒米作りから精米、醸造までをすべて手がけるため『自耕酒造』と称している。

「『間歩錦』は江戸時代にこのあたりで発見されたものの、育成の難しさから普及することなく廃れた品種と言われとります。それを和成さんが、伊賀の農業研究所と協力して復刻したわけですから、『間歩錦』の栽培権が加賀屋酒造さんにしかないことはしゃあないかもしれません。けど、『間歩守』を醸すようになってもう何年経ちます？　そろそろ県内の他の農家でも栽培さしてええころやと思うんですがね」

　純米大吟醸酒『間歩守』は、『間歩錦』から醸された加賀屋酒造独自の銘柄である。華やかな香りが特徴で、わずかな量を口に含んだだけで、ほのかな甘酸っぱさと米の味が口中でふくらみ、爽やかさを伴う余韻が鼻を抜けていく。舌触りは絹のように滑らかで、それでいて味は力強く、芯を極めた甘みを持つ酒である。

　蛭川の要望というのは、和成が復刻した『間歩錦』の栽培を、県内の酒造りの契約農家にも許可してほしいということである。蛭川は県のブランド力を強化するためと主張しているが、それが自社の利益拡大のためであることは言うまでもない。

「いま蔵之介さんは四日市の水との相性が重要と言いましたが、そんなデータは伊賀の研究所では得られておりませんな」

　蛭川がタブレットを操作しながら反論する。

「伊賀研によればですがね、先味測定をしたところ『間歩錦』は酸味のばらつきがなく、苦味や雑味、渋味刺激はともに『五百万石』による標準酒より小さく、一方で旨味は高い数値を記録したそうです。当然、水は伊賀の水や。加賀屋さんの言う水との相性は、データ上は問題なさそうに見えますがねえ」

すでに一杯やったあとのような赤ら顔の割に、蛭川の舌鋒は鋭く、かつ論理的である。

「水はほんの一例にすぎん。たとえば蔵癖の影響もある。なんにせよ、『間歩錦』の栽培を認めるつもりはない」

早川はつい四名の会話に耳をそばだててしまったが、和成に出ていくよう目配せをされると、すぐに退室した。藤子のために茶の替えを用意し、座敷へ向かう。声をかけて襖を開けると、驚いたことに、藤子は一時間前と同じ姿勢のまま『現身』と向き合っていたのである。

座卓の布に広げられた部品はゆうに二十を超え、それらを取り外した状態で藤子は木箱の中に工具を差し込んでいる。

早川は湯呑に茶をつごうとしたが、茶菓子ともども手がつけられていなかった。ひたすら集中して修理に取り組んでいたのだろう。早川の呼びかけにも返事がない。

邪魔にならぬよう座敷から出ようとしたところ、ふと気づいたように顔をあげた藤子と目が合った。

「見てごらん、これ」

藤子は工具で箱の一点を指している。早川は近くに寄って目を凝らした。

「ここに歯車があるでしょ。表は樫、裏板には檜を使用して、板を木口に向かって扇形に切ってある。この木目に歯を刻んで、膠で接着して丸い歯車を作ってあるの。扇形の部分はカムっていうんだけど、これが台の上の人形の動きに変化を与えているのね。たぶん、落とした表紙にこのカムがずれて人形が動かなくなったんだ」

　早川は傀儡師の持つ台の中を覗きつつ、わかったようなわからないような心持ちでうなずいた。

「では、このカムという部分を直していただければ元に戻るということでしょうか」

　すると、藤子はやや困ったような声を漏らした。

「んーとね、実はそう単純な話でもなかったのよ。膠は動物の骨や皮で作られた天然の接着剤なんだけど、製作されて数十年も経つと剝がれたり溶け落ちたりするのね。で、その剝がれた膠が別のパーツの表面に固着しちゃって、他の部分の動作にも影響が出てるの。たぶん最後にメンテナンスしてから十年以上が経ってるでしょ？　カムの嚙み合わせだけじゃなくて他も直した方がいいと思う」

　まだ早川がわかっていない顔をしていたためか、藤子は「ようするに腕時計のオーバーホールみたいなものが必要なんだ」と言い足した。

「さようでございましたか。あの、他の部分というのは当初ご依頼させていただいた修理と別になってしまいますが、お願いしてもよろしいのでしょうか」

　藤子がにっこりと笑ってうなずくと、早川は恐縮して頭を下げながら、取り外された部品に視線をやった。大小様々な歯車やゴム、紐、掛け金などが並んでいる。

　藤子は疲れたようにため息をつき、冷めたお茶をひと息に飲み干した。

「見てよ、ここ」

　湯呑を置くと、お茶請けの赤福餅をひと口で食べながら、藤子は部品を手に取ってみせた。蓮根のようにいくつもの穴が開いた円形の板に、小さな突起と凹みがついている。

「この穴は制御糸を通す部分で、凹みはこっちのパーツを組み合わせるためのものなんだ。でも、この突起はなんの役にも立ってない。どのパーツの動きとも連動してなくて、完全に無駄になってる」

「設計ミスでしょうか」

「それはないよ。設計ミスなら突起を削ればいいだけでしょ？　それをあえて残しているうえ、この突起と引っかからないように他のパーツの位置を調整してるんだから、意図的につけたんだ」

　早川は藤子の言わんとすることがわからず困惑していた。

「たぶんじいちゃんが、遊び心でやったんじゃないかな。からくりの構造を見てると、不思議と人形師の気持ちが伝わってくるときがあるの。いつか誰かがこの人形を修理するとき、この無意味な部分で困惑させてやろうって、子どもみたいに笑顔で部品を削り出してる姿が目に浮かんだよ」

　藤子はなぜか嬉しそうに言って、再び人形に向き直った。じいちゃんとは、『現身』を製作した八代目の巽鉢玄である。藤子が人形に触れている様は、複雑なからくりと闘っているようにも、人形と戯れているようにも見えて、早川はずっと眺めていたい気分になった。

　しばらく見とれていた早川だが、夕飯の支度を思い出し、渋々お勝手へと向かった。夕飯の準備はいつも時間がかかる。蔵人たちがたくさん食べるためだ。

　一般的に、蔵人は期間雇用され、秋から冬にかけて酒造りの季節のみ雇われる。これは酒造業界の慣習のようなものだったが、一方で不安定な雇用は職人の酒蔵離れをもたらし、持続的な経営を困難なものにしていた。

　一方加賀屋酒造では、地域貢献を兼ねて蔵人を地元で採用し、通年で正規雇用している。酒米を自家栽培しているため、他の酒蔵では閑散期に当たる五月のいまも、蔵人たちには農作業という仕事があるのだった。

午後六時ごろになれば、職人たちは夕飯のためにやってくるはずである。彼らは一生吹山の麓にある寮で寝泊まりしているが、夕飯だけは加賀屋家の屋敷で取る決まりだ。

この日の夜はマグロのてこね寿司を用意した。三重の郷土料理で、漁師が釣りあげた魚を船上でさばき、手でこねて寿司にしたことが由来とされている。蔵人たちはこの料理が好きで、いつも喜んでくれるのだった。

早川がお吸い物と副菜を用意していると、がらがらと玄関の引き戸が勢いよく開けられる音が聞こえてきた。農作業を終えてひと風呂浴びた蔵人たちが到着したようである。

茶の間にはすでに蔵之介や和成、それに蛭川酒造の二人も移動していた。茶の間と客間とを隔てる襖が外され、二部屋の座卓がくっつけられている。

上座に蔵之介が座ると、その隣に次期当主の和成、蔵之介の正面に蛭川と桂木、あとは八名の蔵人たちが年齢順に腰を下ろした。

「人形師の子も呼んでさしあげなさい」

歩美に命じられ、早川は藤子を呼びに行った。座敷を覗くと、藤子はさらに細かく人形の部品を取り外し、傀儡師の持つ台座から小人の人形を下ろしているところだった。

「遅くまで作業いただきありがとうございます。お夕飯の準備をさせていただきました」

藤子は人形から顔をあげると、壁掛け時計を見て驚いた表情をした。

「みなさまお揃いでございます。よろしければご一緒にいかがでしょう」

「ありがとう。お腹(なか)すいてたんだー」

座敷から茶の間まで歩くわずかな時間に、藤子は跳びはねながら子どものように夕飯の献立をたずねてきた。

　藤子を茶の間に連れてくると、蔵之介が立ち上がった。

「はじめまして、十代目」

　蔵之介の正面に案内された藤子は、「どちらさん？」と物怖じせずにたずね返した。

「加賀屋酒造当主、蔵之介と申します」

「これはどうも。わたしは巽藤子、十代目じゃなくて巽藤子。よろしくね」

　藤子は満面に笑みを浮かべてそう言うと、蔵之介に促されて腰を下ろした。和成の隣で歩美が眉をひそめている。早川は藤子の無邪気な、しかしこの場にはふさわしくない振る舞いに、内心ではひやひやしつつ末席に座った。

「ではみなが揃ったところであらためて紹介しよう、こちらは先代巽鉢玄の娘、巽藤子さんだ。本日はからくり人形の修理に来てもらっている」

　そして蔵之介は、蛭川と桂木、和成の隣に座る歩美と雅、さらに蔵人たちを順に藤子に紹介していった。

「せっかくの料理ですからどうぞ召しあがってください。藤子さんはお酒もいけますか？　今日は当酒蔵の『間歩守』や『伊勢ノ息吹』もありますので、よかったらどうぞ」

　蔵之介の音頭で夕食会が始まった。蔵人たちは手こね寿司をすぐに平らげ、あっという間に各自でおかわりを始めている。毎晩ここで夕飯を取るため、彼らは慣れた様子でお勝手と座敷を行き来している。蛭川はもっぱら『間歩守』を飲みながら和成と日本酒談義に花を咲かせていたが、ふと酒を飲む手をとめると、「人形屋さん、ちったぁやりませんか」と藤子にも一杯勧めた。

藤子はあまり興味なさそうにお猪口(ちょこ)を差し出したが、ひと口飲むと、「へえ、美味(おい)しいね、これ！」と声をあげた。

「お、意外といける口やなあ」

蛭川がそう言って豪快に笑い、自身も手酌でぐい呑みについでいく。

「ああそや、手土産忘れとった。おいウド、あれ出したれ」

蛭川に命じられ、桂木がビニールで包装された漬物のようなものを取り出した。

「早川さん、これ出してもらってええですか」

早川が袋を開封すると、酒粕(さけかす)のきつい香りが鼻腔(びこう)を刺激した。

「四日市産の青パパイヤを奈良漬(ならづけ)にしよったもんです。うちの純米大吟醸の酒粕を、ウドに漬け込んで作らせました。酒粕と一緒にそのまま食ったってください」

蛭川は桂木を指さしてそう説明した。ウドというのはウドの大木のことである。早川は、以前蛭川が桂木を指さして「こいつはでかいだけでなんの役にも立たへん」と言っていたことを思い出した。

和成や藤子が興味深げに箸でつまみ、おそるおそる口に入れる。

「お、こいつはうまいや！」

藤子が歓声をあげると、和成もうなずいた。日本酒のあてになるらしく、皆の飲むペースがあがる。

「ところできみ、『現身』の修理の方は順調かね」

蔵之介が藤子に話しかけた。

「落下の衝撃で歪(ゆが)みが生じていた部分は直せたけど、組み立て直したあと実際に動かして調整する必要があるから、もうちょいかかるかな。部品の補修や清掃もやる必要があるし」

「元に戻るのであればいいんだがね」

「それなら大丈夫だよ。安心して！」

五十歳近く離れている蔵之介にも藤子は敬語を使おうとしなかった。その態度を見て歩美が再び眉根を寄せる。一方、人形が直ると聞いた雅は、なぜだか残念そうにため息をつくのだった。

「やあ、コンバンハ」

そんな雅を見てか、藤子がおどけた様子で話しかけた。しかし雅は上目遣いに藤子を見たあと、すっと目を伏せてしまった。

「すみませんね、これは照れ屋なもんでして」

和成が助け舟を出し、さらにかばうように蔵之介が言葉を継ぐ。

「『現身』は友人でもある八代目から譲っていただいた大事な人形でね。雅が壊してしまったときに、少しきつく叱り過ぎてしまった。それで落ち込んでいるんだろう。無事に直るというならひと安心だ」

「壊すってことは、人形で遊んでくれてるってことだよ。骨董（こっとう）品みたいに飾り物にされるよりは、人形も喜んでるはずさ。ありがとうね」

藤子が再び話しかけると、雅は少し逡巡（しゅんじゅん）したのち、小さくうなずいた。

「ところで、初代巽鉢玄が大入道の山車を作ったのは文化文政期と聞いているが、どのような経緯でからくり山車などというものを作ったんだろうね」

「さあ。ただ、初代はもともと尾張（おわり）の商人で、四日市に移り住む前から、からくりのたしなみがあったって聞いたことがあるなあ」

「ほお、尾張といえばからくり山車発祥の地だな」

「おじいさん、よく知ってるね！　山車祭りは京都祇園の発祥だけど、からくり人形を乗せたのは尾張が最初なんだ。徳川義直が名古屋城内に東照宮を建立したあと、東照宮祭で能人形の山車の人気が出たから、さらにそれを改良してからくり仕掛けにしたのが起源って言われてる。そしてこのからくりが尾張を中心に普及していったんだね。江戸後期の尾張はいわゆる新興都市だったから、新しい文化や技術を積極的に取り入れて、からくり山車文化が栄えるようになったみたい。これはわたしの推測だけど、初代は東海道を通じてこの文化を伝えつつ、さらに発展させようとしたんじゃないのかな」

藤子の説明に、蔵之介は興味深そうに耳を傾けている。

「なるほど。なぜ初代は四日市を選んだのだろうね」

「通常のからくりとは一線を画す、超巨大なからくり人形を作り出すっていうのが、初代の挑戦だったんじゃないのかな。そして、四日市に伝わる妖怪話に着想を得て、大男のからくり山車を作ったとか」

「人形屋さんの言う通りかもしれんなあ。たしかに、大入道は大男にまつわる妖怪話が元になっとるって聞いたことがある。それが巨大からくりを作りたいという初代の思惑と一致したんかもしれんね」

酔いが回ってきたのか、やや怪しくなった呂律で蛭川が会話を横取りした。

「小さいころに、よお聞かされたわ。むかーし唐から交易を通じて入ってきた妖怪が、江戸時代に東海道を通じて四日市にも来たって話を。特に有名なんが『ろくろ首』で、モデルになったんが身の丈六尺もある大男やったから、からくり人形も大きくしたんやて」

へえ、と小声でつぶやきながら、藤子は『間歩守』を口にした。猪口で舐めるように飲んでいるが、そのピッチはどんどん速くなっている。

「ところがこの話には続きがある。東海道を通じてやってきたのはろくろ首だけじゃなくて、その原型とも言われる『抜け首』っちゅう半妖も来たそうや。ろくろ首は首が伸びるが、抜け首は寝とる間に胴から首が抜けて飛んでいくんやって」

そこまで言うと、蛭川は急に言葉をとめ、意味ありげに一同を見回した。

「奇しくも先日、帰宅中の中学生が用水路に落ちるという事故がありましたな。この生徒は、生首に追いかけられたと泣きながら話したそうですわ。この生徒だけっちゃうぞ、このあたりではおんなじような目撃証言が相次いどる。それにこの地域では、江戸時代にも抜け首が確認されて、庄屋の厳しい箝口令にもかかわらずいまだに語り継がれとるとか——。この妖怪を退治するには、胴体の断面に被せ物をして、首が体に戻れんくすればええそうです。抜け首は朝日を浴びると死によるらしいですから」

藤子はきょとんとした顔で蛭川を眺めていたが、早川は蛭川がなにを言いたいのかすぐに気がついた。早川もその噂を耳にしていたからである。

案の定、蛭川は雅の方を向くと、わざとらしく恐ろしげな声でこう言った。

「みやちゃん、実はな、加賀屋家はこの抜け首の血を引いとるんやって。しかも最近目撃されとる首は、蔵之介さんにそっくりなんやってなあ。この噂が本当やったら、みやちゃんにも妖怪の血が流れとるってことになるで」

なにがおかしいのか、蛭川は無神経に豪快な笑い声をあげた。幼い雅は蛭川から視線をそらすと、ぶるぶる震えながら目に涙を浮かべてしまった。

「蛭川さん、冗談にしたってこの席にはふさわしくないですよ」

和成が険しい顔つきで蛭川をとがめる。蛭川は酒でだらしなく緩んだ表情のまま、そらすまんかった、と口先だけで詫びた。『間歩錦』の栽培を認めようとしなかった加賀屋家に対し、子どもじみた方法で仕返しをしたつもりなのだろう、と早川は思った。

「まったく、つまらん作り話だ。雅、おまえも八つになるのだから、そんなくだらない噂は笑いとばせるようになりなさい」

蔵之介は不快そうに言って立ち上がると、茶の間から出ていってしまった。食後はすぐに自室に戻り、そのまま就寝するのが蔵之介の常である。

雅は声こそあげていないものの、ぽろぽろと涙をこぼしていた。雅は泣くたびに蔵之介から叱られるため、まだ八歳にもかかわらず、けして声をあげて泣くということをしなくなったのである。

初孫ができたとき、蔵之介は女児だと聞いてどこか落胆した様子だった。男の後継ぎを欲していたのに、それが得られなかったためである。そしてその失望は、歩美や和成はもちろん、成長した雅にも伝わっているのだった。

「いつまでも泣いてないで、お風呂に入って寝る準備をなさい」

歩美は雅を立たせて手を引くと、中座して風呂の方へと向かった。

そのときだ。

早川は見てしまった。

雅の手に、ぶつけたような青黒い痣（あざ）がいくつもできているのを――。

蔵之介だけでなく、歩美もまた躾（しつけ）が厳しいことで有名である。早川は思わず不吉な想像をしてしまった。彼女が声をかける間もなく、歩美は雅の手を摑んで強引に連れていった。

和成が場を取りなすように笑顔を繕い、早川に追加の酒を用意するよう命じた。日本酒ばかりでなく、若い蔵人も喜ぶようにと、早川は瓶ビールも用意していた。

お勝手からグラスを取り出そうとしたところ、賑（にぎ）やかな酒席の声とは別に、襖を閉めるかすかな物音が聞こえた。早川が人の気配を感じて奥座敷に向かうと、そこにいたのは先ほど茶の間を出た蔵之介であった。藤子の仕事ぶりを確認していたようである。

「『現身』の内部構造は八代目に見せてもらったことがある。あまりに複雑でわからなかったがな。それを図面もなしに数時間で解体から修理まで施しているのはたいしたものだ。からくりだけでなく人形全般に対する造詣も深く、巽鉢玄の十代目にふさわしい」

そう言うと蔵之介は、「たらふく酒を飲んでいたようだが、遅くなるなら寝床の用意をしてやりなさい」と言い残して自室に向かった。

早川がビールを持って茶の間に戻ると、藤子は席を移動して職人たちと盛りあがっていた。八人いる蔵人のうち、最年長の長島（ながしま）に勧められて利き酒をしている。『五百万石』という酒米で醸した『伊勢ノ息吹』という銘柄だ。

同じ『伊勢ノ息吹』でも、精米歩合の異なる純米大吟醸と純米吟醸、それに醸造アルコール添加を行った本醸造の三種類を飲み比べていた。

「よくわからないけど、こっちのが濃いね、濃い！」

「純米大吟醸の方が深みがあるやろ。逆に本醸造はアル添されてる分、香りが高くてすっきりしてへん？」

「んー、それはわかんない」

藤子が開けっぴろげに言って笑うと、すっかりできあがっている職人たちも一緒になって大笑いしていた。

「それにしても、社長はみやちゃんに厳しいなあ。まだ八つなんやからもうちょっと優しいにしたってもええのに」

職人のひとりがつぶやいた。相川（あいかわ）という、一番若い蔵人である。もともとは唎酒師（ききざけし）という、日本酒のソムリエを目指しており、大学生のころは日本各地の酒を飲み歩いていたそうである。蔵人らしく豪快な性格の長島に対し、相川は繊細な、というよりもやや臆病な性格をしていた。

「和成くん、みやちゃんももうちょい子どもらしくさしたってええんと違うか？　そらおとなしくて賢い子やけども、子どもはごんたこねるくらいがちょうどええで」

年長の長島も相川の肩を持つ。長島は早川より先に加賀屋酒造に勤めていて、和成の高校の先輩でもある。蔵之介の前でこそ次期当主である和成を立てているが、普段はこのような調子なのだった。

和成は苦笑いしながら、早川の持ってきたグラスにビールをついでいく。

「まあしかし、実際にぶたれることはないにせよ、社長からああ言われたら蔵人のおれらでも縮みあがるわな。こないだもみやちゃんが藁編（わらあ）み嫌がってたら、『言うこときかんなら、知らんぞ』やで」

長島が蔵之介の真似をして凄（すご）んでみせると、蔵人と藤子だけでなく、和成や蛭川まで一緒に笑った。

「義父（ちち）としては、早いうちから雅に蔵の者としての自覚を持ってもらいたいんでしょう。藁縄だけじゃなくて麴蓋なんかの作り方も教えとりました。子は三界の首枷って言うように、義父も妻も雅のことはいつも心配しとりますので。ぼくの気が弱いんが、雅にも移ったんやないかって二人して心配しとりました」

和成は苦笑いしたのち、ちょっとトイレ、と逃げるように席を立った。早川は空になった瓶を片づけたり、空いた器を流しに下げたりと甲斐甲斐しく働き続ける。

「へえ、この山のてっぺんには毘沙門天が祀られてるんだ！」

部屋の隅で藤子の声が上がった。なにやら相川がうんちくを披露しているようである。

「昔は頂上で桜祭りなんてやってたこともあるなあ。頂上には母子観音やら百度石もあるし、眺めもええ。いまの時間なら街の灯りもよく見えるよ」

この屋敷がある一生吹山は標高百メートル程度の低山で、山頂には毘沙門天を勧請している。期待をもたせるほど華やかなものではないのだが、藤子はなんにでも興味を持つのか、見たい見たいと子どものように言い出した。

「興味あるならいまから行ったらええ。すぐ目と鼻の先や」

長島まで悪ノリして焚きつける。はたして藤子は、豆腐屋のラッパを聞きつけた主婦のように勢いよく立ち上がるのだった。長島も、そうこなくちゃと言わんばかりに腰をあげる。本当に行くとは思っていなかったのか、相川だけは驚いた様子であるが、結局は三人で連れ立って山頂へと向かった。

加賀屋家の屋敷のすぐ先には一生吹山の頂上へと続く石段があり、それを上ればもう頂上である。夜道とはいえ三人であれば心配はないだろう。

「働いて酒飲んで山登って、元気やなあ」

桂木が感心したようにつぶやいている。早川は和成から許可を貰い、座敷に布団を運び込んだ。風呂の方からは歩美が雅になにか叱っている声が聞こえてくる。

「ところで、和成さん」

空いた器を下げていると、蛭川が和成に声をかけるのが聞こえた。

「『間歩錦』は蔵で研究しとったんかい？」

「いえ、屋敷と酒蔵の両方ですね。農家の方から現存していた種籾を譲り受けて、田んぼの隅で育てつつ、離れで資料を読んで研究しました」

「そりゃたいしたもんや。まあここで苗育てることなんてできやんしなあ。そんなら『間歩錦』で酒を醸すときのコツとか、栽培方法なんかの資料も離れと酒蔵の両方にあるんか」

「ええ、まあ……。それがなにか？」

おかしな質問をする蛭川に、和成が困惑した様子を見せる。

「和成くんは結婚したあとも仕事熱心やもんなあ。あんまり相手したらんと歩美ちゃんに愛想尽かされてまうで」

遠くの席から別の職人が茶々をいれ、和成が苦笑する。蛭川はふらつく足取りでトイレの方へと歩いていった。

酒宴はその後も遅くまで続いた。

三十分ほどで山頂見学から戻ってきた藤子は、翌日も田植えが控えている蔵人たちをつき合わせて再び酒を飲み始めた。途中で歩美が顔を出し、うんざりした様子で早川にあとを任せて寝室へと引っ込んでいった。

早川は藤子の飲み過ぎを窘めたものの、藤子はすでにうとうとし始めていた。それでいて今度は緩慢な動作でビールを飲むのである。どうやら手に負えない酒好きのようだと早川は思った。

酔えば酔うほどに盛りあがり、些末なことでも笑いが起こった。早川は皆の料理や酒の世話をしていたが、歩美や蔵之介もいなくなったため、やがて自分も『間歩守』を楽しみ始めた。疲れた体に酒の旨味が染み渡り、心地よい酩酊感が広がっていくのを感じつつ、藤子の人形談義に耳を傾ける。

午後十時を少し過ぎたころ、ようやく桂木が蛭川に肩を貸して辞去していった。車を運転するため、桂木だけは一滴も酒を飲まなかった。一方、蛭川はしこたま酒を飲んでおり、すっかりできあがっていた。途中でトイレに寄ったあと、縁側に腰かけて夜風に当たりながら三十分も眠りこけていたくらいである。

藤子はといえば、正体をなくしてしまったところで、早川に連れられて座敷に用意した布団に寝かされていた。えへらえへらと笑いながら、ありがとーっと手を振る様は酒癖の悪い中年オヤジのようにも見えるが、どこか愛らしい仕草も含まれていて、早川もついほほえんでしまった。

「さあ、そろそろお開きにしよう」

和成が場を締めると、職人たちも早川の片づけを手伝ってくれた。いつの間にか茶の間を出ていた長島も、月が綺麗やった、と酔ってうまく回らない舌で言いつつ、酒瓶を運んでくれている。

片づけが終わると、長島たち蔵人は、最年少の相川が運転する車に乗って一生吹山を下りていった。道をまっすぐ下った麓に社員寮があり、八名はそこで寝泊まりしている。この道をこんな時間に通るのは加賀屋酒造の者しかいないため、私道のような感覚で酒酔い運転をしているのである。これも長年の悪習によるところであった。

食事が一段落すると、職人たちは引き揚げていく。この夜のように車で連れ立って山を下りることもあれば、各自で歩いて帰ることもあった。一生吹山の麓にある寮までは徒歩十五分のため、用事があるときなどはひとりで下山するのである。

全員が引き揚げ、早川が湯を浴びるころには日付も変わっていた。随分長く感じる一日だったが、賑(にぎ)やかで楽しい日だと彼女は思った。

早川の部屋は風呂場の近く、屋敷の裏手で日の差さないところにある。大正時代は女中部屋だったそうで、畳にはへりがなく、雨戸もない。

期せずして翌日も藤子の人形修理を見られることとなり、酒の酔いも手伝ってか、早川は小躍りしたくなるような気持ちになった。妙にうきうきした気分で布団に入り、明かりを消す。なにかを告げるように、窓の外では風が吹き荒れていた。早川はがたがたと揺れる窓の音を聞きながら、静かに目を閉じたのである。

なぜこんなことを思い出すのでしょう、早川は濁った意識の中でそう思った。友達の家におよばれしたときのことだ。早川は麻耶(まや)ちゃんの家族と一緒に夕飯をご馳走(ちそう)になっていて、それがあまりにも美味しくて、家ではそんな料理は出されたことがなくて、麻耶ちゃんの母親がたくさん食べていいのよと言ってくれて、早川は嬉しくて二回もおかわりをお願いして、お皿を差し出して、麻耶ちゃんのお母様は笑顔でお皿を受け取って、でも背中を向けたときに「ちっ、遠慮もせずに食べやがって」。麻耶ちゃんとは幼いころはたしかに仲がよかったのに、いったいいつからだったろう。五年生くらいだったろうか。たしか遠足のときである。ジャンケンで負けた人がリュックを持とうと大輔(だいすけ)ちゃんが言い出して、早川が勝ったらやり直しにされて、麻耶ちゃんと大輔ちゃんと由紀子ちゃんと健太郎ちゃんは、なぜか四人で同じ手を出し続けて、結局早川がひとりで負けて、荷物を持って、重くて、でも皆が笑ってくれて、早川はそれが嬉しかった。嬉しいと言えば遠足の帰り道、早川が足を踏み外して、側溝に落ちたとき、泥まみれになった姿を四人が笑ってくれて、早川はまた嬉しくなって、もっと喜んでもらいたくて、今度はわざと落ちてみせて、そうしたら誰も笑ってくれなくて、それどころか蔑むような目で見られたことを彼女は思い出した。だからである。早川が麻耶ちゃんを突き落としたのは。側溝に。泥まみれにしてあげたのである。一緒に笑ってほしくて。

目覚めたのは、まだ夜明け前のことだった。

けして愉快ではない夢を見たらしく、寝間着が汗でじわりと湿っていた。口の中に粘ついた不快感があり、ただただ水が欲しいと早川は思った。

時計を見ると、もう六時半を少し過ぎたところである。前夜に遅くまで飲み過ぎてしまい、寝坊したらしい。遠くからエンジン音が近づいてきたため起きてしまったようだ。蔵人たちの使う軽トラックの音だと、彼女はまだ覚醒しきらない頭で考えていた。どれだけ遅くまで飲もうとも、蔵人たちはニワトリのように朝早く目を覚まし、当日出荷分の酒を瓶詰めしてから農作業に出るのである。

ところが、なぜかトラックのエンジン音は加賀屋家に近づいてくるのだった。こんな朝早くに一生吹山の山道を走る車など、通常はない。

早川は妙な胸騒ぎに襲われ、酔いの残る頭を振って急いで寝間着から着替えた。

「えらいことじゃあ！」

男の声がこだまし、玄関の戸が叩かれたのはその直後である。

「誰か！　起きとらんか！」

「早川がおります！」

彼女は慌てて返事をしながら戸の鍵を開けた。叫んでいたのは長島だった。

「どうされたのです、こんな明け方から」

「社長はどないした、どこにおる！　部屋にはおらんか！」

早川は長島がなにを慌てているのか、とんと見当がつかなかった。蔵之介ならばまだ寝ているに決まっている。

「どうしたの、朝から」

長島の大声に起こされたのか、半分ほどしか開いていない目をこすりつつ藤子も出てきた。

「首や！」長島は下顎を震わせながら言葉を続けた。「火入れのために蔵行ったら、社長の首があった」

「まさか！」

早川は弾かれたように廊下を走り、二階へとあがった。長島と藤子も酒の残る息を吐きながらついていく。前夜の酒の影響で長島はまだ酔っているのだと、早川は事態を深刻に捉えていなかった。

二階の天井は低くなっており、玄関側のみ部屋が造られ、廊下を挟んだ背面は屋根裏となっている。三つの部屋は北から順に、蔵之介、和成、それに歩美と雅の共同寝室である。

「どうしたの。朝から騒々しい」

歩美が眠そうにあくびを噛み殺しつつ顔を出した。

「それが、長島さんがおかしなことを言うもので……」

早川を突き飛ばすように押しのけ、長島は戸の前に立った。

「社長、開けますで！」

長島は勢いよく引き戸を開けた。

窓の障子は開け放たれ、そこから朝日が差し込んでいる。十二畳の和室には、入って左手に加茂(かも)産の桐簞笥(きりたんす)と押し入れ、右手の床の間には掛け軸と日本刀、それに脇差(わきざし)が飾られている。中央に座卓が置かれ、蔵之介のベッドは右手奥の窓際に据えてあった。

「なに、あれ」

最初に声をあげたのは藤子だった。

「ありゃフタと違うか」

答えたのは長島である。フタ、とは麴造りに使用する麴蓋のことだ。杉の柾目(まさめ)で作られた、長さ四十五センチ、幅三十センチの箱である。その麴蓋が、なぜか寝ている蔵之介の布団の上部、ちょうど枕があるあたりに伏せられているのである。

長島は一瞬ですべてを察したのだろう。早川たちを置いて、蔵之介のもとへ走り寄った。そして麴蓋を持ちあげた刹那、家中に響き渡る声で絶叫したのである。

蔵之介の胴体に首はついていなかった。ただ、赤黒い断面を覗かせているばかりだった。

「きゃあああ！」

歩美は悲鳴をあげると、その場にしゃがみ込み、首が、首が、と譫言(うわごと)のように繰り返した。

首が、ないと言いたいのだ。しかし長島の言(げん)を借りるならば、首は酒蔵にあるのである。

ここから離れた、蔵にあるというのである。

早川はただ呆然としていた。先ほど逃れたばかりの悪い夢に、できることならいまは戻りたいとさえ思った。

第二章

三重県警四日市桜(さくら)警察署の刑事が到着したのは、最初の警官が到着してからさらに二十分後のことだった。

卒倒した歩美に代わり、警官に応対したのは和成と藤子である。

最初に到着したのはまだ二十代半ばの若い巡査が一名だけで、首のない死体をひと目見るなり腰を抜かしていた。こんな田舎町の、それも山中(さんちゅう)にある屋敷で首なし死体と向き合うことになるなど、この若い青年が警官を志したときには思いもしなかっただろう。

現場保全のために応援で駆けつけた他の警官たちも、蔵之介の遺体を見て呻(うめ)き声を漏らした。さすがに歩美のように意識をなくすことはなかったが、凄惨な現場を見て誰もが言葉を失ってしまったのである。

加賀屋家に怒声が響いたのは、桜署の刑事課の刑事が到着してからのことだった。

「なんじゃあこりゃあ！」

猪口(いのぐち)と名乗った年配の刑事は、現場に入るなりそう叫んだ。

「ほんまに首がのうなってもうとるやないか！」

独り言というにはあまりに大きな声でそう言うと、猪口は現場写真を撮っている鑑識課員を押しのけて遺体の断面をじろじろと眺めた。

「あーあー気の毒なことになってもうて」

猪口は、まるで事件現場にツッコミでも入れるみたいにそんなことを言っている。その妙に高ぶった声の調子は、目を覆いたくなるこの惨状にはあまりふさわしくなかった。

遺体発見時の様子は和成と藤子が警官に説明しており、現在二人は刑事から話を聞かれている。早川は寝室にいる歩美に付き添いながら、ときおり捜査の様子が気になってしまい、寝室から顔だけを出して覗き見しているのだった。

遺体発見後、長島はすぐ和成を起こしに行き、早川には一一〇番通報するようまくし立てた。そして、酒蔵の方にも警官を呼ぶからと、自分は蔵に戻ったのである。

一方、早川は和成とともに、気を失っていた歩美を寝室へと運んでいた。その間、藤子は蔵之介の部屋に立ち入り、子細に現場を観察していたようである。部屋だけでなく、蔵之介の遺体やその首の断面まで隈(くま)なく確認していた。

首に限った話ではないが、人体の断面など目にしたのは、早川にとってもちろん初めてのことであった。脂肪はほとんどついていないものの、筋肉や骨の断面が剝(む)き出しになっていて、それらは血にまみれ、これ以上ないというほど酸鼻を極めていた。それを藤子は、和成に部屋から出るよう注意されるまで、顔色ひとつ変えず執拗(しつよう)に眺めていたのである。

最初に警官が到着したときは興奮状態のまま対応していた和成だが、やがて捜査が始まる段になると、この身の毛もよだつ光景に茫然(ぼうぜん)自失していた。

「朝っぱらから、えらいもん見てしまいましたなあ」

猪口は気の毒そうな表情で早川に言い、全員を茶の間に集めた。茶の間には上座に背広姿の刑事が一名座り、部屋の入口と奥にさらに一名ずつが立っていた。刑事の正面には和成が座り、そこから三人分空けて藤子も座っている。

「さて……」

猪口は座っていた刑事から席を譲られると、腰を下ろして一同の顔に視線を巡らせた。藤子を見たときに一瞬だけ視線をとめたが、思い直したように座卓の隅に目をそらした。

「いやはや、大変なことになりましたな。いやね、わたしが桜署に異動になったのは五年ほど前なんですが、今日が間違いなく一番大変な朝ですよ、ええ」

猪口が話しながら顎に手を当て、あまり手入れされていない無精髭を撫でた。

「でもねえ、きっとわたしなんかより、みなさんの方がよっぽど大変やと思うんですわ。なんせひとつ屋根の下に首なし死体ですからね、そんなことありますか、普通」

軽妙な、それでいて思わせぶりな口調で猪口は言った。たまりかねたように口を挟んだのは和成である。

「ぼくたちも混乱しているんです。この目で見てなお、まだ信じられません。義父がなぜ、あんなことに……」

すると猪口はすかさず和成をじろりと睨みつけた。

「義父というのは、当主の加賀屋蔵之介さんでお間違いありませんな?」

「ええ」

「頭部のない状態で、間違いなくご本人と言い切れますかな」

「義父の自室で死んでいたというのに、他に誰がいるっていうんです。それに、顔がなくても体つきや手足を見ればわかります。家族なんですから」

「まあごもっともですな。いま別の者を確認に向かわせておりますが、第一発見者であるお宅さんの従業員曰く、頭部は桜町の酒蔵で見つかった、と」

そこで和成から目をそらした猪口は、ふと思い出したように背筋を伸ばした。

「ああ、このたびはご愁傷様でした。まずはお悔やみ申しあげるべきなのに、気がつかんでどうもすみません。なんせこんな事件は初めてですから、正直言って面食らってるんですわ」

手刀を切って謝意を示しつつ、猪口は懐から手帳を取り出した。

「あらためまして、三重県警四日市桜警察署の猪口といいます。ええと、和成さんは被害者と思われる蔵之介さんのご子息ということでよろしいですかな」

「ぼくは婿養子で、社長の実子は妻の歩美です」

「ああ、なるほど。昨晩蔵之介さんは和成さんや従業員の方々と食事をされてて、先に就寝したあとは、今朝になるまで誰も異変には気づかなかった、ということでよろしいですな」

「ええ」

「言うまでもなく、本事案は事件性が疑われるものになります。そうなるとですな、蔵之介さんの死に関係した人物は、昨晩この家にいたみなさん方の誰かである可能性が非常に高いっちゅうことになります」

それは、誰の目にもあきらかなことだった。慎重な言い回しをしているが、猪口も昨夜の面々に犯人がいると決めつけているような目をしている。

「昨晩は遅くまで宴会をやっとったそうですな。普通に考えて同じ家で殺人が、まして遺体の損壊が行われたんであれば、誰かが気づくんじゃないかと思いますが、なにか変わったことなどありませんでしたか」

「そう言われましても、みんなお酒が入ってましたので、少なくともぼくは気がつきませんでした。そもそも、殺人が起こるなんて夢にも思いませんから」

「昨夜ここで食事をともにされたのは、いま酒蔵にいるという八名の職人と加賀屋家のみなさん、他にはええっと……」

そう言って早川の方を見た猪口は、続けて藤子に視線を移し、そこではたと動きをとめた。藤子も猪口を見つめ返し、奇妙な間が生まれる。やがて、「あっ！」と先に声をあげたのは藤子の方だった。

「いい名前だね、猪口さんって。酒蔵の当主が亡くなって、捜査に来た刑事の名前がお猪口みたいっていうのは運命的だね」

藤子はまったく場違いなことを口にしたが、猪口はそんな藤子をしげしげと眺めたのち口を開き、

「きみは、藤子ちゃんだね。巽藤子ちゃん。やあ、見違えたね。随分と元気そうになったもんだ」

と言った。

「猪口さん、わたしのこと知ってんの？　あ、グッチって呼んでいい？」

「覚えてないんか。七年前の火事のときに散々話を聞かせてもらったんやけどね。それにしても、こんなところで再会するとは不思議な縁や。和成さん、失礼ながら彼女はどうしてこちらに？」

猪口は和成にたずねたが、藤子が来た経緯については早川から説明をすることになった。併せて、蛭川酒造の蛭川と桂木についても説明した。

「なるほど。あとで蛭川酒造のお二人の連絡先を教えてもらえますかな。藤子ちゃんが元気そうなのは喜ばしいけど、いまは重要参考人の立場や。すまんがしっかり話を聞かせてもらうよ」

猪口は、本格的に捜査が始まる前に、と前置きしつつ、昨晩の様子を注意深く質問した。

やがて昨晩の蔵之介や皆の様子についてあらかた話が済んだところで、遠くからサイレンの音が近づいてくるのが聞こえてきた。

加賀屋家の屋敷には続々と制服の警官やスーツ姿の刑事が到着し、入れ代わり立ち代わりせわしなく動いている。

屋敷の駐車場は四台もとめればいっぱいになってしまうため、刑事たちは麓の空き地に車をとめ、そこから山道を歩いてきたようだった。

茶の間を出てなにやら別の刑事と話をしていた猪口だが、やがて三十代くらいの若い刑事を連れて戻ってきた。

「県警捜査一課の小紫（こむらさき）といいます。このたびは、お悔やみ申し上げます」

小紫と名乗った刑事はそう言って頭を下げると、猪口とともに腰を下ろした。

「ぼくは先に桜町の酒蔵へ行ってまして、ご遺体の頭部を確認してきました。現場にいた二名の職人さんと、田んぼから戻ってきた他の職人さん全員から、加賀屋蔵之介さんご本人に間違いないと証言を得ています。では早速、誰が蔵之介さんを殺害したかはっきりさせたいと思います。心当たりのある方は挙手を――」

「おいコム、待て待て」

猪口が手帳を振りあげると、小紫刑事の頬をぺしりと叩いた。

「なんで挙手制なんだよ。だいたいおまえさんはテンポが速（はえ）えんだよ、いつもよお。おれに喋らせろよ」

どうやら小紫と猪口は所属こそ異なるものの、気心の知れた仲のようである。

「これまで聞いた話をまとめるとこういうことになりますな。昨夜は午後八時ごろに蔵之介さんが就寝され、最後に目撃をしたのは早川さん。で、同じころに奥様と娘さんが入浴、その後就寝。残った面々は午後十時過ぎまでお酒を召され、解散となった」

「ええ、その通りです」

和成が応じる。

「詳細な死亡推定時刻は解剖の結果次第ですが、鑑識の見立てによれば、蔵之介さんが亡くなったのはだいたい昨夜午後九時から本日午前零時くらいの間ということです。つまり、誰かが酒盛りの途中で犯行に及んだか、さもなければ解散後に殺害が行われたということです。わたしの言わんとすることがわかりますかな」

「『言わんとすることが』って、恰好(かっこう)つけないでくださいよ。普段はそんな話し方しないでしょ」

横から小紫刑事が茶々を入れる。軽口を叩く場面ではないのだが、どうもこの二人の独特なノリがこういった非常識を容認するようだった。

「えーっ、わたしの言いたいことがわかりますか」

「酒盛り中にコロシが行われたんなら、犯人は屋敷にいたわたしたち以外にはありえないってことだよね?」

答えたのは藤子だった。

「まあ、ありえない、とまでは言わんがね、ただ普通に考えれば、外部犯の可能性は非常に、うん、とても低い。あ、コロシなんて言葉は使わないようにね」

「でもみんな頻繁にトイレ行ったり、タバコやなんやで席を外す人が多かったから、誰が怪しいとは言えないなあ。わたしも山頂まで遊びに行ってたし」

「藤子ちゃん、そのあたり詳しく聞かせてもらえる？」

「いいよ。けどわたしより、途中までシラフだった早川さんの方がよく覚えてんじゃない？」

突然藤子から水を向けられ、ついでに和成や刑事たちの厳しい視線も向けられ、早川は慌てて説明した。

「藤子さんのおっしゃる通りで、みなさん自由に席を外されておりました。もともと、蔵之介様は社員を家族だと思っており、夕食は毎晩こちらで振る舞われておりましたから、職人のみなさまやわたくしも屋敷内を自由に立ち歩くことが多かったのでございます。残念ながら、誰がどれだけの時間席を離れていたかは把握しておりません」

「誰にでも抜け出すチャンスはあったと？」

「ええ。ですが、常識的に考えて蔵之介様の寝室に忍び込み、殺害や首の切断を行っていたとは思えません。わたくしの頭ではわかりかねますが、部屋への往復と蔵之介様の殺害だけでも十分以上はかかるでしょうし、人を殺めたのであれば様子もおかしくなりましょう。それに、首を切断できるような刃物を持っていた人なんておりませんでした」

「頭部の切断なら心配には及びませんよ。蔵之介さんは日本刀がお好きだったようですな。いずれわかることですから言いますが、部屋に二本飾られていた刀のうち、一本が犯行に使われました。手際よくやれば、ズドンです」

猪口刑事が手刀を自身の首に押し当ててそう言った。正しくは本差と脇差なのだが、わざわざ訂正することではないため早川は黙っていた。

「切断の際に出た血液は、ベッドの脚元に少しありました。首だけがベッドからはみ出るように寝かせ、そこに刀を振り下ろしたんでしょうな。その後、なんの意図か不明ですが、首の断面に麴蓋を被せたと」

「妖怪の噂話となにか関係があるのかな」

口を挟んだのは藤子だった。

「妖怪？」

「昨夜蛭川さんがね、抜け首って妖怪の話をしたんだ。寝ている間に首だけで舞う妖怪なんだって。江戸時代から目撃されていて、加賀屋家もその血を引いてるとかなんとか」

「ふーん。妖怪ねえ……」

猪口は扱いに困った様子で早川や和成の顔を見た。つまらない噂話だと、誰かが否定してくれることを期待したのかもしれない。しかし猪口の期待を裏切るように、和成が身を乗り出して補足説明をしたのだった。

「実はその噂について、昨年末からこのあたりで目撃証言が相次いでいたんです。おまけに、その目撃された首が義父に似ているとも言われてましてね。くだらない冗談だと思いましたが、義父は本当に首無しになり、頭は酒蔵で見つかったというじゃないですか」

「なるほど。蔵之介さんが実は妖怪で、首だけが飛んでいったように見えると……。うーん、うーん、すんませんけど、その話はまた今度聞かしてもらいます。いまは一回置いときましょう。ところで蔵之介さんの寝室に刀があることは、ご家族であればみなさんご存じでしたか？」

「ええ、ぼくは知っとりました。でも、従業員たちも知っていますよ。家具を買い替えた際の搬入や設置、レイアウトの変更等は彼らに手伝ってもらってましたから」

「なるほど。家族だからお手伝いも当たり前ってわけですか」

小紫刑事が冷ややかに笑った。笑うと口元からわずかに歯茎が覗いた。

「殺害に使われた凶器も日本刀だったの？　生きたまま首チョンパしたんなら、部屋はもちろん、犯人だって血まみれになってもおかしくないと思うけど」

横から藤子が口を挟む。

「ご遺族の前で首チョンパなんて言わないの。凶器についてはまだ捜査中」

猪口は暑そうに手帳でパタパタ扇ぎながら話をはぐらかした。凶器が刀か否かなど、刑事が見たらひと目でわかるはずである。いずれわかるようなことは教えてくれても、重要な捜査情報については明かしてはもらえないようだった。先ほどの死亡推定時刻にしても、本当はもっと細かく絞り込みができているのかもしれないと早川は思った。

小紫が猪口のスーツの袖を引き、小声でなにやら耳打ちをする。眉をひそめてうなずいた後、猪口は和成の方を向いた。

「ところで和成さん、ちょっと聞きたいんですが……、蔵にいた職人さんたちは頭部の発見時火入れという作業をされていたようですね。その作業では地面に放水することもあるんですかな？　酒蔵の出荷台のあたりなんですけど」

なんの気なしに、という風を装って猪口はそうたずねた。先ほどまでとは声音が変わり、おまけに話題の移し方があまりに不自然だったので、大事なことを聞いているのはあきらかだった。なぜか本人だけはうまくごまかせたと思っているらしく、隣で小紫が呆れた顔をする。

「放水？　地面にですか。いいえ、そんなことしませんよ。火入れは湯を沸かして酒瓶を低温殺菌し、そのあと水で冷やすんです。大鍋に水を張りますけど、地面に捨てるなんてことはしません」

　和成が答えると、猪口が険しい表情をして手帳に書き留めた。地面に水を撒く作業など、蔵のどの業務でも発生しない。なぜそのようなことを聞かれたのか、早川にはまったくわからなかった。

「あの、娘の様子が気になりまして。すみませんが、ぼくは娘のところに行きますので、用があればお声がけください」

　和成はそう言うと、茶の間を出て隣の座敷に移動した。雅には蔵之介の身に起きたことは伝えられていないが、大勢の警官が乗り込んでくる様を見て、なにか事件が起きているらしいことは察したようだった。まだ八歳のため、強面の刑事が恐ろしかったのだろう。先ほどまで随分泣いていたが、いまは座敷で女性警官に付き添われて落ち着いている。

「話を戻すようで悪いんだけどさあ、麹蓋ってなに？　遺体の首に被せられてたやつ。長島さんはフタって言ってたけど」

　そうたずねたのは藤子だったが、猪口や小紫も本当はよくわかっていなかったのだろう。説明を求められたように感じて、早川は気後れしつつ話し始めた。

「麹蓋は酒造りの過程で、麹という菌を繁殖させる際に使う道具でございます。女衆で手作りしており、蔵で使っていない予備の分は屋根裏に置いてあったのでございます」

　この屋敷の二階は入口に面した表側のみ寝室で、裏側は屋根裏になっていた。そのため、物置のような収納スペースとして使っていたのである。そのことを早川が説明すると、すかさず横から小紫が質問をした。

「屋根裏に置いてあるっていうのも、やっぱり職人さんたちは知ってたんですかね？」

「ええ。蔵で使ういくつかの道具は昔ながらの方法で手作りしておりまして、壊れたり交換が必要になったら、職人さんが屋根裏から持っていっておりましたので」

小紫がなにやら手帳に書き込む間に、藤子がまた質問をした。

「ねえ、首は酒蔵のどこにあったの？　あとで長島さんから聞けばわかることなんだし、もったいぶらずに教えてよ」

「蔵の南にある出荷台だよ」

答えたのは小紫だった。いずれわかるから渋々、というご様子である。

「出荷前の火入れって作業は、毎日交代の当番制らしい。そして今朝の担当だった長島さんと相川さんが火入れをしていたところ、出荷台に載せられていた首に気づいたそうだ。生首が載せられてたんなら、出荷台というより獄門台だな」

「なんでそんな、さらし首みたいにする必要があったの？　そもそも、なんで首を落とす必要があったの？」

「そんなこたあ犯人に聞いてくれよ。一般的に遺体の切断は処分や隠蔽を目的とすることが多いが、この事件ではそれに該当しづらい。そうなると次に考えられるのは、まあ怨恨だわな」

遺族である和成が席を外したためか、小紫はためらうことなくそう言った。猪口に比べるとやや冷淡な、若い刑事らしい無遠慮さが感じられた。

「ねえ、犯人が酒蔵に首を置いたんなら、防犯カメラの映像でも見ればわかるんじゃないの？」

「残念ながら蔵の出入り口はもちろん、付近にもカメラを設置してある所はほとんどなかったよ。こんなド田舎の、それも酒蔵があるのは住宅街だからな。まあコンビニのカメラや、付近を通った車のドライブレコーダーをあたってみるけど、それはきみに心配されるようなことじゃない。重要参考人って立場を忘れないでくれよ」

「はいはーい」

藤子が不満げに口を尖らせる。早川はふと頭に浮かんだことがあり、さしでがましいと思いつつも口に出してしまった。

「防犯カメラならば、一生吹山の山道にもございます。このあたりは不法投棄が多く、取り締まりのために何年も前からカメラを設置しているのです」

「ほお、それは具体的にはどのあたりですかな」

早川はスマートフォンを取り出し、地図アプリを起動して説明した。一生吹山の山道は南北に二本ある。加賀屋家の屋敷は山頂付近にあり、山の北部から東名阪自動車道の高架をくぐる北道を通ることで、車で屋敷を訪れることが可能だ。一方、山の東西にある市街地を繋ぐ南道の場合、車で屋敷に来ることはできなくなっている。

「地図をご覧いただければわかります通り、このお屋敷から南道に出るには、山頂にある神社を通る必要があるのです。こちらの神社は毘沙門天様を祀っておりまして、数十段からなる石段を上らなければなりませんから、車では通行できません。一方、北道でしたら山の中腹のこのあたりにカメラが設置されております」

早川は地図の一点を指さしてそう言った。山道がちょうどカーブを抜けて一直線になるあたりである。また、北道の入口付近には寮があり、八名の職人たちが暮らしていることもついでに補足した。

「南道は、神社の向こう側にある配水池のあたりまでは車で来られます。配水池といっても、池だったのはずっと昔のことで、現在は水道局の管理する貯水施設でございます。無人施設のため道端にゴミや家電が投棄されることも多く、このあたりにもカメラが設置されております。蔵之介様の頭部が屋敷から持ち出されたのであれば、必ず北か南の道を通りますので、防犯カメラになにか映っているかもしれません」

山頂の神社の先には配水池だけでなく電力会社の送電塔もあるが、こちらももちろん無人施設だった。

「なるほど。詳しい説明ありがとう。早速部下に確認させましょう」

猪口はそう言ったが、特に部下に命令する素振りは見せなかった。おそらく管内の防犯カメラの位置については情報を持っていて、すでに確認作業を始めていたのだろう。

「ねー、わたしはいつまでここにいたらいいの？　そろそろ退屈してきたんだけど」

「もうちょっとおとなしく待っててもらえるかな。現場検証が一段落するまでの間だから。ああ、別に人形修理やっててもらってもいいよ」

「できるかっ、こんなうるさいところで。持ち返って人形堂で直すよ。いいでしょ？」

事情が事情なため、やむを得ないと早川は思った。もともと、『現身』は貴重な人形ということで蔵之介が持ち出しを禁じていたが、その蔵之介はもういないのである。

猪口は面倒くさそうにため息をつき、小紫と茶の間を出た。藤子はふて寝でもするみたいに畳に俯せに転がってしまう。

和成が呼ばれ、二階に上がっていく気配がした。現場となった蔵之介の部屋で、さらに聞き取り捜査が続けられているのかもしれない。

やがてしばらくすると、女性の警官に付き添われて歩美が下りてきた。まるで冬に川遊びでもしていたように、顔は青ざめ、唇は赤みを失っている。いつもその目に宿している力強さが、いまは見る影もなかった。

「歩美様、お加減はいかがですか」

早川が声をかけても、歩美は一瞥（いちべつ）すらくれようとしない。

藤子は相変わらず寝転がったままである。藤子からしてみれば、人形修理に来たばかりに事件に巻き込まれ、いい迷惑だと怒っているのかもしれない。

「疑われてるんだね、わたしたち」

半回転して側臥（そくが）した藤子が、誰にともなくそう言った。

「職人さんや蛭川酒造の二人が、酒盛りのさなかに蔵之介さんを殺害して、ついでに首を持ち帰ったなんて考えにくい。殺害だけならできたかもしれないけど、首を持ち出すのは難しいよ。生首なんて持ち歩けるわけないし、バッグや袋に入れたって目立っちゃうからね。だから、犯人は酒盛りのあとも屋敷にいたわたしたちの誰かだと、警察は思ってるだろうね」

力なくうなだれていた歩美が、キッと顔をあげて藤子を睨（ね）めつけた。

「おやめなさい、そんな話！」

藤子がむっくりと起きあがり、座卓の上に顎を乗せる。

「ごめんよ、でもわたしは自分が犯人じゃない以上、とっとと疑いを晴らしたいだけなんだ」

「あんたが来た途端にこんな事件が起きたのよ。まずあんたが疑われるのは当然じゃない」

「初対面のわたしが、どうして蔵之介さんを殺さなきゃならないのさ」

「そんなこと、あたしが知るはずないでしょう！」

耳に刺さりそうなほど高い声で歩美が叫び、続けて、「早川、この子に耳障りな声で喋らせないでちょうだい！」と命じた。

一方で、藤子もなにか反論したそうな目で早川を見つめている。早川は板挟みとなってしまい、ただ俯(うつむ)くことしかできなかった。

「ごめんね」

藤子はそう言うと、再び寝転んで静かになった。歩美ではなく、早川を慮(おもんぱか)っての謝罪である。

「雅はどこ？」

歩美がふと気づいたように言った。

「座敷で女性警官に付き添われております。ショックを受けているようでしたので、わたくしたちとは別室の方がよいと和成様がおっしゃいまして――」

早川が言い終わらぬうちから、歩美は立ち上がろうとする。

「落ち着いてくださいませ。心配が一番の毒でございます」

そのとき、勢いよく襖が開けられ、猪口が茶の間に現れた。うしろに小紫の姿もある。

「お疲れのところ、長い時間ご協力いただきありがとうございました。現場検証が一段落つきましたので、その旨をご報告させてもらいます。ただ、現場保存が必要ですので、この家でお休みいただくことはできません。こちらで寝泊まりされていた加賀屋家のみなさまと早川さんは、おつらいところすみませんが、我々が手配した部屋にお泊まりいただきます」

そう言うと、猪口は早川たちに、当面の生活ができる程度に身支度をするよう指示をした。

「お家を出ていかなきゃいけないの？」

雅が心配そうに小声でたずねる。

「ごめんね、おじさんたちのせいで。心配しなくても二、三日もあれば戻ってこられるよ」

猪口は強面の顔に精一杯の笑みを浮かべてそう言った。

疲れ切った歩美が一刻も早く休みたいというため、和成は自身の準備もろくにできず、雅と歩美を乗せ、先導するパトカーを追って車を運転した。早川は和成の荷物を用意し、少し遅れて屋敷を出る。

屋敷の脇の駐車スペースでは、猪口が警官に、藤子をパトカーで送るよう命じていた。ところが藤子は物めずらしさからか、捜査車両がいいと駄々をこねている。結局、観念した小紫が送り役を買って出ることとなった。

「ところで、防犯カメラはチェックしたの？」

刑事が乗ってきたグレーのスカイラインを覗き込みながら、藤子がたずねた。

「まだ確認中だよ。確認が済んでも教えねーけど」

小紫がそっけなく応じる。

「北道と南道に設置されたカメラの映像くらい確認済みなんじゃないの？　酒蔵の周辺にカメラが少ないなら、まず犯人が必ず通る道から調べるしかないもんね。で、結果はどうだった？」

「だからー、きみに教えるわけないでしょ。立場わかってんの？」

「わたしの予想だけどさ、目ぼしい成果はなかったんじゃないかな？　もし不審な人物や車が往来していたら、二人とも呑気にしてるわけにはいかないもんね」

「え、呑気にしてると思われていたのはショックだな」

猪口が苦笑した。癖なのか、しきりにもみあげを指先でねじったり引っ張ったりしている。

「まあ、恐ろしい殺人事件なんだから、藤子ちゃんはあまり首を突っ込まないように」

するとなぜか小紫が疑わしそうな目を猪口に向けた。

「いまの、もしかして、狙いましたか？」

「狙った？」

「首がなくなった事件に『首を突っ込まないように』って」

「バカか」

二人は内緒話のように小声でそんなことを言い合っていたが、やがて猪口がはっとしたように顔をあげると、屋敷の周囲に広がる雑木林に目を向けた。

「しっかし、首があっさり見つかってよかったぜ。もし頭部が行方不明で、この山を捜索するハメになってたらえらいことだった」

木々は鬱蒼と茂り、幾重にも重なって先がまったく見えない。一本一本の木はけして太くないのに、地面から長く伸びた雑草と、木から重々しく垂れさがる枝葉が邪魔をして、視界をすこぶる悪くしている。

それだけではなかった。この山は竹が群生しているが、何十年、あるいは百年以上も人の手が入っていないため、足を踏み入れることさえできない状況である。かの有名な嵐山の竹林のように、管理された竹は健やかでまっすぐ伸びる。ところが自然に任せた馬鹿竹は縦横無尽に伸びてゆき、それらが朽ち、斜め倒しとなって別の木や竹に引っかかり、荒廃した竹藪となるのである。

木々からこぼれ落ちた葉は、土の上で静かに腐っていた。その上にまた葉が落ちて重なり、また腐り、それを延々と繰り返し——、踏めばぶすぶすと音を立て、体ごと引きずり込まれそうである。

「その石段の先に、毘沙門さんは祀られとんのかい？」

山頂へと続く急坂を見上げつつ、猪口がたずねた。

「ええ、そちらの石段を上っていただくと毘沙門天を祀る神社がございます。桜や楓が植えられており、山頂からは四日市の中心街だけでなく、伊勢湾や知多半島まで望めます。南道へはこの道しか通じておりませんから、車でこの屋敷を往来するには北道を通るしかありません」

「けど、酒蔵までは直線距離で七百メートル程度や。なにも犯人が車を使ったとは限らんわな。この山を駆け下りて、七百メートル走れば済む話なんやから」

そう言うと、猪口はやおら雑木林に歩み寄った。腕まくりした両手をポケットに突っ込み、迷いなく歩くその足取りは、まるで自分なら身ひとつでこの山を下りられると言っているようである。

「あ、無理だわ」

あっという間に引き返した。

「かっこ悪っ！」と小紫がつぶやけば、「うん、いまのはかっこ悪かった」と藤子も続いた。

「そこ、ムカデいるから気をつけてねー」

藤子が指さした先には、親指ほどの大きさのムカデが、猪口のそばの木の幹でもぞもぞしているところだった。それも二匹、夫婦である。

「うおお、怖え！」

猪口が慌てて飛び退いた。ムカデは、遠目でもはっきりと足の動きがわかるほどの大きさだった。早川もこの屋敷で何度か咬まれたことがある。猛烈な痛みとともに患部が赤く腫れ、発熱やめまいを引き起こすのだ。

「山中を駆け下りるのは不可能かと存じます。蔵之介様から聞いた話ですが、一生吹山には戦国時代、山城が築かれていたそうです。城主の小林豊前守重則は、もともと急だった斜面をさらに削って切岸とし、ところどころに切り立った崖を設けたといわれております。かつては猪や猿、鹿も出たようですし、この山を分け入って下りられるとは思えません」

「へー、昔は山城があったんだ」

「ええ。といってもこの山城は、鈴鹿郡川崎から進攻してきた峯盛定の軍勢を前に、あえなく陥落したようですが……。重則はそばを流れる生水川の北岸まで後退し、追ってきた峯軍と川を挟んで矢を射合う激戦を繰り広げるも、とうとう腹を切って自害したそうです。生水川は、この戦を語り継ぐため大正時代に矢合川と名が改められました。矢を射掛け合った川、という意味でございます」

「ん、以前は山城があったってことは、この山のてっぺんにいる神様はその当時はいなかったってことだよな。古くから祀られてるわけじゃなく、最近お引越ししてきたのかい？」

猪口が山頂を顎でしゃくってそうたずねた。その所作を見るだけで、早川は猪口に信仰心がないことを理解した。

「これも蔵之介様の談ですが、毘沙門天を祀るようになったのは明治になってからのことだそうです。かつては木花咲耶姫を祭神とする浅間神社が祀られておりましたが、明治時代に神社合祀令が出され、隣町の椿岸神社に合祀されたとか。その後、村の有志によって奈良県は信貴山の毘沙門天を勧請したので、歴史としては比較的新しいかと存じます」

「へぇえ、なんでも知ってる人だったんだね、お宅の社長さんは」

猪口がつぶやくように言うと、そばに来ていた小紫が、失礼ですよ、と肘でつついた。

「さ、帰ろーっと。コム、車よろしくねー！」

藤子はそう言うと、勝手にスカイラインの助手席に乗り込んだ。

「サイレン鳴らしていい？」

「ダメに決まってんだろ！　まったくこのバカ娘は……」

小紫が悪態をつきながら運転席に座る。しかし本当に嫌ならば運転役などやろうとしないはずである。憎まれ口を叩きながら、それでも世話を焼きたくなるようななにかが藤子にはあるのかもしれないと思い、早川は藤子の天真爛漫な振る舞いを羨んでいた。


猪口の言葉通り、屋敷に帰れるようになったのは三日後のことだった。蔵之介の部屋だけはまだ保存が必要で、許可が出るまで入室禁止と言われたが、そんな指示などなくとも殺人のあった部屋に入りたいと思う者はひとりもいなかった。

警察によって規制が敷かれていたのは屋敷だけではない。首の発見された酒蔵の方も立ち入り厳禁とされたのである。

規制が解除されるまでの三日間に、蔵には注文キャンセルの電話が殺到した。加賀屋酒造の電話応対は歩美と早川で行っていたが、歩美のことを慮り、事件後は早川ひとりで対応していた。

なかには、事件を嗅ぎつけた野次馬の心ない詮索や、誹謗中傷の電話もあった。早川はそのような電話に腹を立てる一方で、わずかに安堵もしていた。傷心の歩美にこのような声が届いていたら、どれほどつらかっただろうかという思いを巡らせたからである。傷つくのが自分だけでよかったと、早川はそう思った。

事件から一週間後、和成はようやく酒の出荷を再開した。本当なら事件が解決するまで出荷を見送りたいところだが、在庫が捌けなければタンク内の酒が残り続けてしまい、秋からの新酒造りに影響が出てしまうとのことだった。

和成も職人たちも、必死に働いていた。まるで事件を忘れるため、働くことそれ自体を目的にしているようで、早川は見ていてつらいほどであった。

刑事は頻繁に屋敷と酒蔵を訪れ、ついでとばかりにあちこちで聞き込み捜査を行っていた。口さがない人たちはあることないこと噂し合い、それはどこからともなく早川たちの耳にも入ってきた。やれ従業員で手を組んで殺しただの、やれ娘夫婦が蔵を乗っ取ろうとしただのという話である。なかには身内から犯罪者が出ることを恐れて全員で口裏を合わせているという声や、蔵之介は妖怪で首だけが自ら飛んでいったのだという噂さえあった。

だが早川が本当に胸を痛めていたのは、これまで家族のようだった蔵人たちの団結に、亀裂が生じてしまったことである。

事件以降、皆で食卓を囲むことはもうなかった。夕食どころか屋敷に来ることさえなくなったのだ。

さらに、職人たちが会話をしているときも、努めてこれまで通りの雰囲気を繕っているものの、ふとしたときに妙な間が、これまではけして存在しなかった空白が会話の中にできるようになったのである。そんなときは、皆が気まずそうな顔をしたのち、話題を変えようと無理に明るく振る舞うのだった。

それでいて、表向きは誰もなにも言わないのである。事件のことには極力触れず、これまでの日常や関係性を維持したい、なにもなかったことにしたいと思っていた。

人ひとりが亡くなっているのに、なにもなかったことにしたいなどとはおかしな話である。だが、この救いようのない日和見（ひよりみ）主義、事なかれ主義もまた、田舎という世界のひとつの側面だった。そういう早川も、犯人捜しなどより、事件がこのまま忘れ去られることを望んでいるのだ。犯人が誰であるにせよ、誰も捕まらず、これ以上なにも起きず、風化するように事件の記憶が薄れていってくれればそれでよいと思っていた。

誰かが亡くなるということは、誰かを失うということだ。そして誰かが逮捕されるということもまた、誰かを失うことを意味するのである。

早川は気づいている。歩美や蔵人たちが、藤子が犯人ではないかと言っていることを。藤子を疑っているというより、犯人であってほしいと願っているのだ。犯人が外部の者であれば、きっと加賀屋酒造は元の姿に戻ると信じているのだろう。

早川はそれを浅ましいと思う反面、仕方がないことだとも思った。彼女にしても、蛭川や桂木が犯人であれば諸手（もろて）を挙げて喜ぶだろう。早川もまた田舎の一員、田舎の一部なのだった。

藤子から電話があったのは事件から十日が過ぎた日のことである。仕掛かり中だった人形の修理が終わったため、引き取りに来てほしいという内容だった。事件のせいで『現身』のことをすっかり失念していた早川だが、藤子はきちんと修理をしてくれていたようである。

「このたびは事件でご心配とご迷惑をおかけし、申し訳ございませんでした」

早川は受話器を耳に当てながら、姿の見えない藤子に向かって頭を下げた。

「気にしないで。おかげで捜査車両に乗れたし。やっぱり事件のせいで色々大変かな？」

「それはもう……。お酒の販売だけでなく、在庫過剰による来季の酒造りにまで影響が出てしまいそうです」

昨年末から蔵之介の首が飛んでいるという噂が立つようになり、蔵に迷惑をかけたくないと、蔵之介は隠居を考え始めていた。その矢先にこの事件である。いきなり社長が亡くなったのだから、経営に影響が出ることは必至だった。

「いまは和成さんが切り盛りしてるの？」

「ええ。頭のよい方でございますから、きっとこの困難も打開してくださると信じております」

希望を込めてそう言いながらも、早川はやりきれない無力感を覚え、ため息をついてしまった。

「早川さんも疲れてるみたいだね。忙しいところ、使いっぱしりみたいなこと頼んでごめんよ」

意外にも、藤子は早川をいたわってくれた。意外と言っては失礼なのだが、藤子はあまり他人に興味がなさそうだと早川は思っていたのである。

「わたくしは大丈夫でございます。ただ、事件以降はいたずら電話が絶えずに困っていたのです」

「いたずら電話？」

「猟奇性に注目した人々が野次馬根性を出したり、妖怪事件だとおもしろがって電話してくる方も多くいるのです。それもこれも、酒蔵のあたりで蔵之介様の生首が空を飛んでいるという悪質な噂があったせいです」

「ああ、蛭川酒造のおっちゃんが話してたことだね」

「おっしゃる通りでございます。二月ごろには高角中学校の生徒が首に追いかけられて怪我をする事故まで起きています。ですがこのことを刑事さんにお話ししても、誰も取り合ってくれません」

「あの頭の固そうな連中ならそうなるだろうね。グッチやコムに話せば少しくらいは聞いてくれると思うけど」

「お二人は比較的まじめに聞いてくださいました。ですが……」

早川はそこで少し口ごもったのち、意を決して言った。

「近隣から聞こえてきた噂をお伝えしたところ、一笑に付されてしまいました。というのもその噂とは、蔵之介様は抜け首の血を引いていて、先祖返りを起こしたのだという内容だからでございます。そして首だけで羽ばたいたものの、朝になっても胴に還ることができず死んだというのです。つまりあれは、事件ではなく妖怪の事故死だった、という結論です」

「へえ、妖怪の事故死！　そいつは斬新だね！」

藤子の声は、驚いたというよりなんだか嬉しそうだった。

「なぜこのような噂が出たかと言うと、蔵人の相川さんがおかしなことを言ったためでございます。出荷台で発見された蔵之介様の頭部は、鼻がひしゃげ、土と血で汚れていたのだと。それはあきらかに高いところから落ちた傷で、空を飛んでいた抜け首が墜落したようだったと言うのです」

「抜け首が墜落した……？」

藤子は、まるで自分の耳を疑っているかのように復唱したあと、そんなことはありえない、と断言した。

「『抜け首』は胴に還れなくて死ぬんじゃない。朝日を浴びることで死ぬんだ。蔵之介さんは夜明け前の時点ですでに死んでいたんだから、その噂は的外れだよ。あれは首が抜けたんじゃなくて、日本刀でばっさりやられたんだ。蔵之介さんは、間違いなく他殺だよ」

藤子は妖怪の存在を否定するのではなく、妖怪説を真剣に検討し、そのうえで噂を否定した。刑事たちのように真に受けずに聞き流すような態度ではなかった。

「あの、妖怪を信じてらっしゃるのですか？」

早川はおずおずと機嫌をうかがうようにそうたずねた。彼女は自分の質問で相手が気分を害しそうなとき、つい嫌われまいとご機嫌をうかがいながら質問をする悪い癖がある。そんな彼女の不安を杞憂だとでもいうかのように、藤子は透き通った声で「信じてるよ」と言った。

「事件の夜、蔵之介さんが大入道のからくり山車について話してたのを覚えてるかな？　初代巽鉢玄の手により製作された日本最大のからくり人形で、蛭川のおっちゃんが言った通り、モデルになった男が大柄だったことに由来するらしいの。じいちゃんから、昔よく聞かされたなあ」

藤子は懐かしそうにつぶやくと、過去を回想するようにうっとりした声音でこんな話をした。

むかーしむかし、徳川家がこの国を統治していたころ、四日市の宿場で反物屋を営む久六という男のもとに、若く大柄な男が現れた。男は奉公に来たといい、渋る久六に頼み込んで店で働かせてもらった。すると不思議なことに、この男が来てからというもの商売は繁盛し、富田や桑名、さらに遠方からも客が来るようになったのである。

そんなある夜、暑さに寝苦しさを覚えた久六は、軒先で涼を得ようと縁側伝いに男の部屋の前を通った。すると障子に大きな影が映っていることに気づいた。その影は胴から首が長く伸び、ゆらゆらと揺らめきながら、行燈の油をちろちろと舐めていたのである。思わず部屋を覗いた久六は、不気味に動く首の先に、たしかに男の顔があるのを見てひっくり返ったのだと。翌朝、久六が庭で目覚めるともう男の姿はなく、部屋の隅に縞（しま）の着物が畳んで置いてあるばかりだったという。

　大入道のからくり山車は、行方知れずとなった大男の無事を祈って作られたのが始まりだったと、藤子はさも見てきたことのように語った。

「この物語に由来するのか、豊原国周（とよはらくにちか）って人の描いた『童戯五拾三次之内（どうぎごじゅうさんつぎのうち）』の四日市の浮世絵版画では、一つ目小僧や石灯籠のお化けと一緒に、ろくろ首も描かれてるんだ。四日市って街は妖怪と縁が深いんだよね」

　このような経緯があるから、妖怪、特にろくろ首や抜け首がいてもおかしくはないと藤子は言った。

「首が飛んだという可能性はわたしも考えたよ」

　藤子は冷静な声でとんでもないことを言う。

「と言っても、首が自分で飛んだわけじゃないけどね。ドローンを使って運ぶんだ。みんなが解散したあと、屋敷に残っていたメンバーなら、夜中のうちに蔵之介さんを殺害して、首を飛ばすことができる。ドローンなら山だろうが川だろうが関係ないからね。けど、人間の頭部は五、六キロもあって、産業用ドローンじゃないと運べそうになかった。そんなの一般人には手に入らないし、たとえ手に入っても、あの夜は強風注意報が出されるほど風が強くて、首を吊るして飛ばすのはかなり難しい。というか、安全装置が働くから物理的に飛べないんだ。たぶん警察も検討したうえで、不可能と判断したんじゃないかな」

　早川は藤子の話す内容よりも、このように恐ろしいことを淡々と話せる藤子の胆力に驚かされていた。早川などは小心者であるから、刑事から事情聴取を受けただけで、やましいことなどないのにどぎまぎしてしまうほどである。

「そういえば、事件のあとも長島さんと相川さんが繰り返し事情聴取を受けておりましたね」

「首を発見したから、当然じゃないの？」

「ところがですね、警察はあの二人を疑っているような節があるのです。警察が酒蔵に駆けつけたとき、出荷台のあたりに水が撒かれていて、不自然になにかを洗い流したような形跡があったそうなのでございます。証拠隠滅を図ったのではないか、そのように疑われて何度も事情を聞かれているのですが、二人とも火入れの業務で水が流れただけだと言い張るのです」

「なるほどねー。証拠隠滅か。それは気になっちゃうね！」

十日ぶりに聞く藤子の声は、驚くほど生き生きとしていた。まるで人形修理などより、殺人事件の捜査の方が楽しいと言わんばかりである。

「ただ、そもそもの動機からしてわからないんだよね。蔵之介さんって、別に誰からも恨まれてなさそうだったし、もう随分歳を取って衰えてるように見えたから、わざわざ殺さなくてもあまり長くなかったと思うんだ」

早川が無言で聞いていると、藤子は慌てて付け足すように、失礼なこと言ってごめんね、と言った。

「あ、人形を返すときだけどさ、酒蔵に行ってみたいから、連れてってもらえないかな？」

「酒蔵でございますか」

「百聞は一見に如かず。首が置かれていた現場も見ておきたいから」

「はあ……」

なぜ酒蔵などを見学したいのか、怪訝そうにする早川に対し、藤子はいたずらっぽくこう答えた。

「日本最古のからくり人形の指南書を著した細川半蔵頼直は、こんなふうに書いてるよ。『夫奇器を製するの要は、多く見て心に記憶し、物に触て機転を用ゆるを学ぶ。譬ば魚の水中に尾を揺すを見て柁を作り、翅を以て左右するを見て、櫓を制するの類是なり』。自分の目で見て、自分の手で触れなさいってことだね。さらにこうも続けてるよ。『見る人の斟酌に依ては、起見生心の一助とも成りなんかし』ってね」

名前のない物語

川島村の庄助と云えば、村一番の働き者として隣村にも聞こえる程である。暗い内から暗くなるまで唐鍬を振り、田を畝り、汗を流して働き続けるのである。それにも拘わらず、庄助の家は便垂れの家と呼ばれ、小馬鹿にされていた。これは祖父、父と二代続いて疫病にやられ、便を垂らしながら斃った為である。

川島村はおおよそ千六百石程の農村である。庄助はこの村に生まれ、百姓をやっていた。自作地を持たない水呑み百姓の為、大地主であり村の庄屋を務める吉右衛門の田を、朝から晩まで来る日も来る日も耕していた。

庄助の家もかつては土地を持っていた。しかし庄助の代になり、重い年貢に耐えかねて質入れし、そのまま帳外れとなったのである。二年連続で水不足に悩まされ、収穫が大きく減ったのが痛手だった。古くから干損所と言われるこの村は、旱魃になればあっという間に水不足に悩まされ、稲が台無しになるのである。

水無月の上旬、一昨日から曇天の続くこの日も、庄助は暗い内から田圃に出ていた。このひと月ばかり、庄助は倅の忠八とともに、日が昇る前から沈んだ後まで田植えを続けている。

「おおーい、そんなちんたらやってたらァ、何時まで経っても終わんねえぞ」

忠八は膝下まで濁り水に埋まりつつ、小さな手の平から種籾を播いていた。

「おっとお、寒いよォ」

忠八が情けない声を上げても、庄助は意に介すことなく己の作業を続けた。

「ちんたらやってっから寒いんだ。汗をかけェ。汗かいたら寒くねえぞ」

庄助が見せつけるように腰の手拭いで汗を拭うと、忠八も父を真似て額に手を当ててみるのだった。

「おっとお、足が冷てえよぉ」

夕暮れ時を迎えると、忠八は決まって泣き言を口にした。十にもなれば自分は一丁前に百姓をやっていたものだと庄助は思ったが、仕方なく忠八を田圃から引き摺り上げると、「そこで待ってろ」と云って忠八の分まで種籾を播くのであった。

　すきな殿ごに 手苗をもろて 植えて ひされば 面白い
　アゼツキャ ボタモチ アゼツキャ ボタモチ

庄助が田植えの歌を口にすると、この時ばかりは忠八も気を取り直し、一緒になって唄うのである。この歌は女衆がよく唄うのだが、庄助は子守歌代わりによく唄うのである。

「なァおっとお、足が痛えよぉ」

家への帰るさ、忠八は甘えたような声を上げた。見ると忠八の足は田圃ですっかり冷やされ、白く血の気を失くしている。

「甘えてっから足が痛えんだ。歩け、歩け、へたばるまで歩け！」

庄助は自分に言うように怒鳴った。草いきれの中に屎尿や牛糞の臭いが漂っていた。

家では夕餉の支度を終えたおこうが戸口の前で二人を待っていた。真っ暗闇の向こうから忠八の泣き声が聞こえてくると、おこうは安心したように息を吐いた。まだ幼い忠八が田に駆り出され、無事に帰ってこられるか心配で身の縮む思いだったのである。

忠八は家に入ってもまだ泣いていた。足が痛いのではなく、もう田圃に行きたくないのである。おっかない父より優しい母と居たいのである。

「また泣いてっからに、この！」

庄助は忠八の顔をびたんと叩き、その口に手頃な大きさの松ぼっくりを詰め込んでやった。これは三軒離れた彦六(ひころく)の家でやっていることを真似たのである。彦六は子が五月蠅(うるさ)くするとすぐに松笠を口に押し込めて泣けないようにするのだ。彦六も父からそうされてきたし、その父も祖父から同じ目に遭わされてきた。だから彦六の家は松笠の家だと呼ばれている。

忠八が泣き止むと、三人は黙ってひえマンマに湯をかけてざぶざぶと掻っ込んだ。ひえマンマは冷えと稗(ひえ)の二つの意味を掛けたもので、野蒜(のびる)や令法(りようぶ)の葉、それに大根の葉を細かく千切って混ぜ込んであった。いくら腹に入れても溜まった気はせず、食わないよりは食った方が良いという程度の飯である。それでも三人はこの臭みのある飯を食い、明日もまた他人に食わせる為の米を育てるのである。

翌朝、庄助が着物の前を捲って小便をしていると、忠八も長い枝で背を掻きながら起きてきた。珍しく庄助に起こされる前に己で目を覚ましたようである。そして閑(ひま)そうに蟷螂(かまきり)を捕まえると、それを地面に叩き付け、破れた腹から寄生虫(むし)の出るのを見て笑っていた。

「おい、罰当たりなことすんじゃねぇ。百姓の分際で命を粗末になんてしてたら、土っ子になっちまうぞ」

土っ子とは悪い子どもという意味で、良い子は藁っ子というのであった。庄助は幼い頃、悪さをした土っ子は古井戸に投げ落とされ、蓋をされるのだと祖父から聞かされていた。井戸の底へと真っ逆さまに落ちる間、土っ子は恐怖のあまり絶叫し、木々の野鳥達がそれを真似て一斉に叫び鳴いたというのが妙に生々しくて忘れられなかった。

　この日で庄助の家は田植えが終わりだった。野上がりから十日程すると、一番草が出始める。それから十日置きに二番草、三番草と刈っていくのだが、庄助は忠八と二人で田圃中の草刈りをせねばならない為、雨の日以外は毎日草を刈る必要があった。

　やがて秋を迎えようとする頃、田に出て稲の育ち具合を見ていた庄助は、遠くの方から彦六が走って来るのに気づいた。

「イモチが出たぞ！」

　彦六は血走らせた目を庄助に向け、続いて東の方を振り仰いだ。イモチとは稲を枯死させる恐ろしい病である。

「どこで出た？」

「忍領（おしりょう）の小吉（しょうきち）んところらしい。飛び領で助かったがァ、いつおれらのとこにも飛んでくるか……」

「助かったなんて罰当たりな事、云うもんじゃねえぞ。さもないとおれらのとこにも今に降りかかってくんぞ」

　川島村には二百石程度、忍藩（おしはん）の飛び領があり、田も少し離れていた。これは元々桑名藩（くわなはん）の領であったが、藩主の松平忠堯（まつだいらただたか）が武蔵国は忍藩に移封した際、領地がそのまま飛び地となった為である。

　他藩ではあっても同じ村の者であるから、庄助も小吉のことは知っていた。種無しの小吉と呼ばれており、これはこの家が代々子宝に恵まれず、貰い子をしていた為である。後継ぎが出来ない家は石屋と呼ばれて蔑まれるのだが、それが二代続くと男に責任があると見做され、種無しと呼ばれるのである。小吉が種無しなのではなく、この家の屋号みたいなものであった。

庄助の集落の村人らは、忍藩との境に注連を張り、イモチが来るのを防ごうとした。中にはイモチが空から降ってくるかも知れぬと怯え、稲に藁を被せよとか、井戸に蓋をせよと喧しく云う者もいた。どんな疫病や災いよりも、イモチは恐ろしいのであった。

この年はさっぱり雨が降らなかった。夏を迎えても雨が全然降らないのである。村の傍を流れる生水川の水位が低下し、村人らの田圃には水が引き込めなくなった。

庄助は八年前に田畑を手放している。これは旱魃によって自分の家の年貢分を吉右衛門に納められなかった事が原因であった。庄助にとってみれば、旱魃はイモチ以上に憎むべき相手である。

吉右衛門は村人らに命じて女衆を集めると祈雨の歌を唄わせた。

神の御利生で雨 降ってたまれよ
さあ 降れよ 今降れよ
しんだら だらよ だらだらよ

祈雨の歌は雨が訪れるまで毎日続いた。すると数日経った頃、村に雨が降り注いだのである。百姓らは喜びに浮つき、泥の上で跳びはねて全身に雨を浴びた。

もし旱魃にでも見舞われれば庄助ら水呑みが小作料を納められないばかりでなく、村の年貢も納められないところであった。そうなればどんな目に遭うか、庄助は考えるだに恐ろしかった。

　庄助と同様に事を重く見た吉右衛門は、惣稲刈り仕舞いの後、屋敷に庄助ら百姓を集めた。居並ぶ面々はどれも腰が曲がって薄汚い水呑み百姓ばかり、すなわち吉右衛門の命に逆らえない者達である。庄助は、吉右衛門が陰で自分たちを土百姓と呼んでいることを知っていた。

　立派な藁葺き屋根と土塀を持つ屋敷の縁側で、吉右衛門は庭に坐する水呑みらを眺めまわして口を開いた。

「おまえたち、よく集まってくれた。この度の日照りでは生水さんが涸れ、田畑が干上がるところじゃった。夏に水を失すれば稲は悉く枯れ、儂らも程無く同じ道を辿るじゃろう。そうならぬためには水を引くしかない。この村に新たに井戸を掘る必要がある」

　そして吉右衛門は、庄助らに井戸を掘るよう命じたのであった。

「吉右衛門殿、水引きであれば、垣内村から人足を寄越すのがええかと思っとります」

　庄助はかしこまりながらそう申し出た。

「はあァ、治田郷八ヵ村の垣内村か。治田銅山の麓村にはこよなき坑夫ありと聞くが、なぜお前は垣内村が良いと申すか」

「へえ、何年か前、畑に瞽女が来て聞いた事があります。何でも、治田銅山を掘ると溜まり水にぶっつかる事があって、水を掻き出すために穴を掘るんだとか。穴掘りから転じて井戸一般にも精通しており、わけても垣内村の坑夫衆は八ヵ村で一番だそうです」

「ふむ……」

　懐手をして考え込んでいた吉右衛門であったが、やがて庄助の申し出に頷き、垣内村に使いを出すと言った。

屋敷を辞去する段になって、同じ水呑み百姓である松吉（まつきち）が申し訳なさそうに平伏して云った。

「今晩、山にドソウ取りに行かせてくだせえ」

吉右衛門は気の毒そうに頷いた後、

「あたりが十分に暗くなってから行け。村人らには能（あた）う限り見られぬ様気をつけよ」

そう云って山手形（やまてがた）を切ったのである。

松吉はもう一度深く頭を下げ、屋敷を飛び出していった。松吉の妻おけゑ（え）は腹に子を宿していた。

そして松吉が立ち去った後、吉右衛門は庄助に、「井戸を掘らねばおこうの腹にいる子も同じ目に遭うぞ」と云ったのである。

松吉の云うドソウとは毒草の事なのである。ドクと云う言葉を口にすることが躊躇（ためら）われる為、皆が言葉を省いてドソウと呼ぶ様になったのである。

松吉は、表向きには、おけゑに毒草を煎じて飲ませ、死産せしめる為に山に向かうのである。しかし、村の裏山に毒草など生えていない事は村人なら皆が知っていた。ドソウ取りとはつまり、赤ん坊を間引きする事を吉右衛門から了承して貰う為の方便であった。

吉右衛門が庄助に云ったことは、田畑を潤す水が得られなければ、おこうの腹の子も間引かねばならぬぞという意味である。

庄助らが屋敷を訪れた二日後の夜、松吉の家から赤子の産声が聞こえてきたが、すぐに風の具合で、聞こえなくなった。

川島村の井戸掘りは、農閑期に入った師走から始められた。唐鍬や鋤簾を使って手作業で素掘りするのである。鋤簾とは土を掘り、土砂や石を掻き寄せるための鍬の事である。そして穴が深くなると、稲藁で菰編みにした畚という籠を使って土砂を運び出すのであった。

師走の上旬とは言え、すでに吐息は真っ白で、唐鍬を持つ手は寒さに千切れそうである。

「何故おれらがこんな事しなきゃなんねんだ」

不満を垂れる松吉に対し、庄助は「不満を垂れるな。井戸が出て水が引けれァ、お天道様の御機嫌伺いもこれまでだ」と言葉を掛けて励ましてやった。

ところが三日かけて二間半ばかり掘ったが、水は一向に出なかった。井戸掘りの経験も無い癖に、勘だけで掘る場所を決めた為である。

場所を決めたのは、吉右衛門の弟の吉兵衛だった。

「ヤッ、吉兵衛奴、これは一体どういう料簡だ」

井戸掘りの様子を見に来た吉兵衛に対し、松吉は食って掛かった。吉兵衛は百姓らからはさっぱり尊敬されていないのだが、それでも吉兵衛は矢鱈に偉ぶり、井戸掘りの知識も無いのに指図をしたがるのである。

「水が出んのはお前達の掘り方が良くねえからじゃろ。水が欲しけりゃ別の穴を掘れァいい」

そうして一町ばかり離れたところを足で示すと、そのあたりを掘ってみろと云うのである。

「馬鹿にしゃがって！　ここ掘れ、あっこ掘れって、犬じゃねえんだぞ、おれ達は！」

吉右衛門が去った後、松吉は今掘ったばかりの穴に唾を吐いてそう云った。彦六もそれに同調し、「あん畜生じゃァダメだ」と悪たれ口を叩くのである。

「吉兵衛は頭が足んねえんだ。どうしようもねえ奴だ。頭が足んねえんだ」

確かにその通りであった。かつて庄助が吉右衛門の屋敷で相伴に与(あずか)った際も、吉兵衛は不器用な手つきで汁椀を持ち、こぼしてしまうのであった。それでいて、「余りに美味(うま)い汁物だから着物にも飲ませてやったのだ」などと宣(のたま)うのである。

吉右衛門から手ほどきを受けても字を読める様にはならず、村議定(むらぎじょう)を眺めていても、読めていない事など誰の目にも明らかなのであった。訳知り顔で紙を手にするが、それが逆さになっている事にさえ気づかないのである。それでいて他人に指摘されると、「お前に見せてやっているのだ」などと云うのである。

村祭りの夜、濁酒(どぶろく)を飲んで眠りこけた吉兵衛の鼾(いびき)が余りに五月蝿いものだから、村人らが吉兵衛を叩き起こした事がある。しかしそれを指摘された吉兵衛は、

「おれァ鼾なんて掻きやァしねえよ。それが証拠に、鼾を掻いた覚えなんて一寸(ちょっと)もねえ」

と云うのであった。これには然(さ)しもの庄助らも呆れたものである。

さらに五日が経った頃、村の入口にある欅(けやき)の切株に見慣れぬ男が腰かけていた。浅黒く灼(や)けた肌に伸ばし放題の髪を揺らし、継ぎの当てられた粗末な綿入れを着ている。藁草履は泥ですっかり汚れ、狼藉(ろうぜき)を働いた無法者が流れてきた様にも見える。

この男は吉右衛門によって招かれた垣内村の坑夫で、名を卯之助(うのすけ)といった。卯之助は百姓らに迎えられて井戸を見に行くと、

「こんな所に穴なんぞ掘ったところで、水なんて出るわけァねえよー」

と云ったのである。小馬鹿にするような口振りだが、卯之助にそんな気は少しも無く、ただぶっき

ら棒なだけであった。

「それなら何処から水が出るのか云ってみやがれ、後で詫びたって取り返せねえぞ、さあ言え！」

吉兵衛は最初から喧嘩腰である。逞しい体軀の卯之助と拳骨を交わしたところで勝てる筈もないのだが、そんな先のことまで頭が回らないのであった。

「川島村の裏っ側には山があるんだからァ、この山のシメダシに与るのがええよー」

卯之助は村の裏手に聳える山を見上げて云った。此の山にも名前がある筈だが、村で山と言えばこの山しかないから山とだけ云うのである。

「シメダシとはなんぞや」

「天井や地下から染み出す水じゃ。竪穴を掘るガワ井戸なんぞよりよっぽどええよー」

「して、それはどこにどう掘ればええんじゃ」

庄助が聞くと、卯之助は「慌てなさんな」と云い、椀を持って集まるよう命じた。やがて各々が椀を持ってくると、自らも懐から薄汚れた椀を取り出し、山の斜面に向かうのだった。そして山の斜面の土を椀で掬って検分すると、それを暫く繰り返し、満足気に伏せて置いたのである。

「儂の椀はここへ伏せておく。お前の椀はあちらに伏せておけ。お前は向こうじゃ」

卯之助は庄助や吉兵衛に指示して、山の斜面に椀を置かせるのであった。

「夜の間に椀を伏せておけば、シメダシの出るあたりは水滴が付く。其処を掘って行けばええよー」

果たして、翌朝になって椀を見ると、卯之助の椀に水滴が付いていた。

「決まりじゃ。ここを掘れ。地に向かって竪に掘るんじゃなく、この斜面に向かって横に掘り進めるんじゃな」

「横に穴なんぞ掘ってどうなると云うんじゃ」

「この山に降り注いだ雨水は、地中を流れて地下に沈んでいく。そのシメダシ水を、横穴を掘ることで集めて田畑に引っ張ってくるんじゃ。それに、冬場は水位が低くなっとるけど、暖こうなってきたら水位が上がって、地面からも水が湧いてくる。山で泉が湧くように、地下水も山の固い地層の上を滑って流れとるから、そこを掘ればええよー」

「横穴なんぞ掘ったところで、田を満たす程の水が出るもんか。夘之助とか云ったな、もしも水が出んかったら只（ただ）じゃおかんぞ」

吉兵衛は挑むように歯茎を剝き出してそう云うと、夘之助の示した山の斜面に唐鍬を突き立てた。夘之助はどこ吹く風で庄助らの方を向き直り、田畑へ通じる溝（みぞ）を掘れと云うのであった。考えてみれば当たり前のことで、横井戸から出た水を己の田畑へ引き込むための道が必要なのである。水呑みらは各々の田に通じる溝を自分達で掘り、川へと排水するための溝のみ共同で掘る事とした。

鼻息を荒くする吉兵衛を宥（なだ）めて、庄助は夘之助が示した斜面を掘り始めた。

一方、松吉、彦六、吉兵衛の三名は半町（はんちょう）ばかり先の地点で竪穴を掘ることとなった。横井戸は山の斜面から掘り進めるだけでなく、概（おおむ）ね半町ごとに竪穴を掘って、互いの竪穴を地中で連結するように掘り進めるのである。そのためにはまず木々の生い茂る山の斜面を登る必要があった。そこで、庄助以外の三名はまず山を登るための道を作ることにした。道作りをせねば、険しい山に踏み込んで無事には済まないからだ。

松吉らは、邪魔な叢（くさむら）を土ごと掘り返し、竹を切り、椎（しい）の枝を折りながら道を作ったのである。庄助の横井戸掘りは、最初の内は順調であった。山の土は柔らかく、鋤簾を突き立てれば簡単に掘り進めることが出来た。横井戸の穴は高さ五尺程度のため、唐鍬や鋤簾は柄を短くした物に付け替えているのであった。

「気ぃ抜くんじゃねえぞ。砂いのは上っ面だけで、すぐに重たい土が出てくっからよー」

卯之助が穴の入口から顔を覗かせてそう云った。庄助はやや前屈みになった窮屈な姿勢のまま、無心になって鋤簾を振るった。すると、卯之助の云う通り、暫くすると水の染みた重たい粘土が出てくるようになったのである。

「畜生奴、この腐れ土が」

鋤簾を振るいながらそう叫ぶと、跳ね飛んだ土が口の中に入り、庄助はブッと吐き出すのであった。

「おおーい、真横に掘るんじゃねえ。ちったァ上に向かって掘らなきゃいけねえよー」

器用に鋤簾の先っちょで土を掻き寄せながら、卯之助はそんなことを云うのであった。

「水が田畑に流れるように、暗渠は斜めにしなくちゃなんねんだ。それに、地下水の流れが変わって地面が沈むこともあっから、それも勘定して良い塩梅に掘らなきゃいけねえよー」

卯之助は庄助に代わるよう云うと、器用に傾斜を作って穴を掘り、手本を見せるのであった。

数日かけて山道を切り開いた松吉らは、早速日穴を掘り始めた。吉兵衛だけがまだ掘り子を務める事に納得していないらしく、いつまでも吉右衛門の悪たれ口を叩いている。やれ、「町の方では白首を妾にして飼っている」だの、「あれには妖怪の血が流れている」だの突拍子も無い事ばかりである。

吉兵衛は手ではなく口ばかり動かしていたが、「吉右衛門殿に言い付けるぞ」と脅されると渋々穴を掘り始めた。日穴は取水口から半町先、そこからさらに半町先、そのまた半町先といくつもの穴を先に掘り、その日穴同士を地下で結んでいくのである。

　山の斜面に掘る都合から、僅か半町ばかり先の日穴ですら、庄助が掘り始めた取水口より八間近くも高い所に位置していた。それが為、庄助が斜め上に向かって掘り進める事を考えても、五、六間くらいは竪穴を掘らねばならないのである。その半町先の日穴はさらに深くまで掘らなければならない。地中を蚯蚓の様に掘り進める庄助もしんどいが、日穴掘りも容易ならざる事であった。おまけに雨が降った日はろくに掘れやしないのである。

「雨で緩んだ土に鍬なんて叩きつけれァ、クエが起こって埋まっちまうぞ」

　夘之助は雨の恐ろしさをよくよく承知している為、けして雨中で井戸掘りをしようとはしないのである。クエとは落盤のことであり、崩れという言葉が訛ったものである。坑夫にとってクエ程恐ろしいものなどこの世に無いと夘之助は云うのだった。

　ところが、庄助は雨を喜んでいた。というのも、雨が降った翌日に横井戸に入ると、天井や側壁からシメダシが出ていたからである。これまでは穴なんぞ掘ったところで本当に水を得られるのか半信半疑であったが、シメダシが横井戸をちろちろと流れて取水口の方へ向かうのを見て、漸く己のやっている事に自信が持てたのである。

　睦月の終わりには日穴掘りも終わり、いよいよ彦六らも横井戸掘りを始めた。彦六らは藁縄を幾つも結い上げた藁綱で軽業師の様に日穴を下り、取水口の方向に向かって、庄助と同じ様に鋤簾を振るった。黒粘土には拳大の石が無数に埋まっており、それを取り出しては、壁を固める様に側面の土にめり込ませてゆくのであった。地中は真っ暗であるから、夘之助が灯明皿を用意し、菜種油を染み込ませた綿の紐に火を付けて灯りにさせた。

「毎日こんな穴倉で鋤簾ばかり振るって、雪隠詰めにでもされてるようだ」

庄助は暗い穴の中でそんな事を思った。川島村は山に近いが、けして降雪の厳しい地ではない。その為雪が井戸掘りの妨げになる事はなかった。むしろ、田圃に立って冷たい風に吹かれるより、横井戸の中に居る方が余ッ程暖かかったくらいだ。「まるでおっかあの胎ん中にいるみてえだなァ」と庄助は思ったものである。

庄助ら四名だけが横井戸掘りに精を出すのは、吉右衛門が褒美に田畑を永代くれてやると約束した為である。

多くの百姓は粘土質のイワ田や砂地のカワラ田を耕作させられているが、この四人が普段耕している田畑の多くは、手間のかかるドロ田であった。ドロ田は水捌けが悪く、腰まで泥に浸かって耕作をせねばならない。また、収穫の際も稲を濡らさぬよう田舟に載せて運ぶ必要があるのである。田舟とは稲や農具を水から守る為、水を張った田面に浮かべる舟のことだ。

吉右衛門は、横井戸掘りが首尾よくいけば、取水口付近にある田圃をくれると云うのである。この田圃は、夏に雨が降らないとすぐに干上がってお天道様に焼かれる為、ヤケ田と呼ばれていた。横井戸が出来て優先的に水を引ければ、ヤケ田は良質な田になる。だからこそ、庄助らはヤケ田は喉から手が出る程欲しかった。

やがて如月になろうとする頃、取水口から掘り進めた暗渠と、一番手前の日穴は地中で到頭合流する事が出来た。だが横井戸掘りはこれで終わりではない。田畑を潤すのに十分な量の水を得るには、もっと暗渠を延ばす必要がある。少なくとも二町半以上の長さが必要なのだと、卯之助はさも当然の様に云った。そして、「何処まで掘るかは吉右衛門殿と決めればええよー」と云い残して垣内村へと帰ってしまった。

　取水口に向かって井戸掘りをしていた彦六は、今度は反転して山の中心に向かって穴を掘るのである。そして庄助と松吉は二番穴、三番穴からそれぞれ地下で穴を掘るのであった。

　やがて春になり、一番穴と二番穴が地下で繋がった頃、庄助らも畔切りや畔塗りを始めなければならなくなった。寒の季節が過ぎれば百姓仕事がある為、井戸掘りは次の冬まで持ち越しである。

　この冬の横井戸掘りの総仕上げとして、庄助と彦六は井戸底浚（さら）いを行った。これは日穴から落ちてきた枯れ葉や枝を掻き出す作業であった。夘之助の言が正しければ、冬の間に低下していた地下水の水位は、春になって遠くの山脈が雪解けを迎えると上昇し、横井戸の地面からも水が湧くというのである。また、雨が降ればその分の水もシメダシになり、水溝（みぞ）を通って田畑に流れ込むのである。

　庄助が取水口に近い所を浚っていた時である。暗渠の奥からわーんと音が響いて、山が揺れた。微かに彦六の悲鳴が聞こえた気がしたが、あまりにも大きな音がした所為（せい）で良く分からなかった。

「クエが起きたのだ」と庄助は直感した。庄助は彦六を助けに行こうとしたが、まるで庄助を呑み込もうとするように土埃が押し寄せ、為す術がなかった。

「これはクエではないかもしれんぞ」庄助は慌てて取水口の方に向かった。「これは只のクエではないかもしれん！」

　横井戸の外に出ると、日穴の方で松吉と吉兵衛が騒いでいた。二人は相撲（すもう）でも取るみたいに組み合っているのである。彦六を助けに行く役目を押し付け合っていたのだ。

「何故大クエなんぞ起きた！」

　庄助が怒鳴るようにたずねると、吉兵衛が苦々しい顔をして答えた。

「あの松傘奴、暗渠の天井に拳骨みてえな硬え岩が埋まってやがっから、それで頭ぶっつけるから、掘り起こしてやるって息巻いてたんだ。きっとそいつの所為だ」

臆病者の二人に任せていても埒(らち)が明かぬと思い、庄助は自ら藁縄を体に巻き付けると、恐々と日穴を下りていった。幸い日穴は崩れておらず、クエを起こしたのは横穴の一部だったようである。彦六は細かい土砂に上半身を埋めるような恰好で倒れていた。天井の一部が崩落していたが、側壁や地面は無事である。彦六は頭から血を流し、気息奄々(きそくえんえん)たる有様であった。

「ヤッ、まだ脈はある様だぞ！」

穴の底から吊り出された彦六は、松吉に担がれて家に運び込まれた。家と云っても掘立同然の小屋で、杉皮(すぎかわ)葺きの屋根に申し訳程度の石塊(いしころ)を並べたばかりである。

彦六の狭い家はクエを聞きつけた村人らで一杯になっていた。おとよは膨れた腹を抱え、彦六の枕元で項垂(うなだ)れながら、女々しく鼻を啜(すす)っている。

「おとよ奴、泣いてばかりいねえで茶でも淹れねえか」

「馬鹿ァ、泣いてんのに責めるなんて罪作りなことすんじゃねえよ」

集まった百姓らはどれもこれも土で真っ黒に汚れていた。横井戸を掘っていた庄助や彦六らだけでなく、田を畝っていた者や、畔塗りをしていた者も皆、畑で抜いたばかりの牛蒡(ごぼう)のように土塗(まみ)れだった。

百姓らは最初の内は彦六の具合を心配していたが、すぐに飽いてしまった。専(もっぱ)ら話題は昨年の収穫や牛の様子、それに横井戸掘りの調子などが中心であった。皆の頭からは、いつの間にか彦六の事はすっかり忘れ去られていた。目の前に迫った彦六の死より、これから訪れるやも知れぬ自らの死の方が重大事であった。

おとよの啜り泣きが止んだ。庄助は彦六を見た。彦六は息をしていなかった。おとよは無言で立ち上がると、椀に水を汲んで彦六に末期の水をやった。

夜になると、近所の姻戚（みより）が何人か義理を云いに来た。

彦六にはまだ息子がいなかったため、仕方なく庄助が湯灌（ゆかん）をしてやった。春を迎えたとは云え、夜は凍（い）て付く様な寒さである。おとよが大きな腹で難儀（なんぎ）そうにしていたから、庄助はおこうを呼んで水を汲ませた。湯灌とは名ばかりで、冷たい水で清めるのである。そして忠八の面倒を見させておくと、自分は褌（ふんどし）一丁で彦六の遺体を洗ってやった。水はあっという間に真っ黒になった。

湯灌に使った水は夜の内に捨てねばならない。それも、けしてお天道様の目に触れぬ所に捨てねばならなかった。庄助は山に向かって横井戸の日穴に流し捨てた。

翌朝、おこうが晒し木綿（さらしもめん）で経帷子（きょうかたびら）を作りながら衣裁ちの歌を唄っていた。おこうは心得たもので、普段着を裁つ時の歌ではなく、急ぎの着物を裁つ時の歌を唄うのである。

　　つのくにの　あらきえびずの　衣裁ちて
　　入日（いりひ）もときと　きらはざりけり

それはおこうなりのおとよへの心配りであった。

彦六の亡骸（なきがら）は、松吉と吉兵衛が拵（こしら）えた棺に入れてやった。棺は彦六の田舟を解体（バラ）して作ったのである。田舟は収穫期に稲を載せて運ぶのに使うが、後継ぎのいない彦六の家ではもう使う者がおらぬから解体しても良いのである。

おとよは腹を引き摺る様にしてふーふー云いながら、寺まで行って樒の葉を摘んできた。そんなものはお寺様を呼ぶ時に誰かに取りに行かせれば良いのに、おとよは頑なに自分の手で摘みたがったのである。おとよは悲しむ方法を知らず、意味もなく苦労する事で、ようやく悲しむことが出来るのであった。

庄助らは、棺に納めた彦六と共に、西の空に茫と浮かぶ赫い夕陽を見送った。そして日が完全に沈み切ると、松吉がお寺様を呼びに走った。諸行無常の響きを三ツ撞かれると、村のあちこちから村人らが集まってきた。葬列は村付き合いとして結で行うのである。

松明を持った姻戚の女を先頭に、村人らはぞろぞろと歩いた。棺を持った男衆が村の辻々で棺を回している。

墓地に着くと、お寺様だけが矢鱈と大きな声で読経を唱えた。南無阿弥陀仏、南無阿弥陀仏と六文字の名号を繰り返すから、死体のことをおロクさんというのである。村の中には死ぬことをおロクに成ると云う者もあった。

彦六の棺を墓地に埋めると、百姓らは行きとは違う道を選んで帰路に就いた。

掘り子仲間を一人失くしてしまったが、一つだけ幸いな事があった。暖かくなるにつれて地下水の水位が上がり、目論見通り横井戸から水が流れるようになったのである。

「水が流れてるぞ！　見れや、こォんなに水が流れてるぞ！」

庄助らは水溝を流れる水を見て歓喜した。試しに溝と田圃を隔てる溝板を外してやると、期待通りに水は庄助のヤケ田に流れ込むのであった。一部の百姓らは井戸の水を一時的に貯水する溜池まで掘っていたが、横井戸の取水口に近い田圃を貰った庄助には関係がなかった。もし井戸の水量が低下しても、取水口に近い庄助の田圃には先に水が流れ込むのである。この溝板を開閉するだけで、これまで悩まされ続けてきた水の問題が解決するのだ。

　吉兵衛は松吉に対し、「同じ石高の田を貰うなら、取水口に近い田を貰えばいいぞ。横井戸に近いだけ水が多いからいいぞ」などと云っていた。ずる賢い吉兵衛なら松吉を出し抜いて自分がその田を貰いそうなものだが、「おれは遠くの田でええ。大して掘ってァおらんからの」と謙遜するのである。松吉は訝しみながらも百姓らしい能天気さで喜んでいた。川島村の百姓と云うのは皆が小難しい事など考えぬのであった。

　まだ暗渠の深さが足りぬ為、十分な量の水とはいかないが、それでも旱魃への一時的な備えにはなる程の水量である。この冬に横井戸掘りを再開して更に水量を増やせば、村も豊かになるに違いないと庄助は思った。

　しかし、事はそう上手く運ばなかった。田植えを済ませ、夏になって一番草を刈る頃、庄助と松吉の稲だけが何故か根腐れしてしまったのだ。昨年まで二人が小作をしていた田は無事である。今年から新たに分け与えられたヤケ田だけ根腐れを起こしたのだ。

「何故にこの田だけ腐っちまったんだ？」

　庄助は田圃の泥水に指を入れ、「冷ってえや」とつぶやいた。横井戸の水は冷たかったのである。その水は稲の生育に適しておらず、あまりに冷た過ぎたのである。だが、同じ横井戸の水を引き込んでいても、吉兵衛や他の百姓らの田では稲が育っているのだから奇怪なことであった。

「あッ、さてはあの溜池だな！　あそこで水が溜められて、お天道様に温められるのだ！」

だが気づいた時にはもう遅かった。

「吉兵衛奴、きさまこの事を知ってやがったな。知ってて、おれらに横井戸に近い田を渡しやがったんだな！　この人でなし奴！」

松吉は血相を変えて吉兵衛に摑み掛かった。庄助は初めて吉兵衛の事を「これは油断のならぬ奴かも知れんぞ。おれらは見誤っていたのかも知れんぞ」と思ったのである。

途方に暮れていた庄助であったが、横井戸の水を引いた田で腐れ稲を始末していると、その中に何本かすっと伸びている稲を見つけた。よく見ると、そういう稲が湧き出すようにあちらこちらに立っている。数こそ少ないものの、かろうじて種籾には出来る程度の量であった。

「冬を通して穴を掘って、この稲だけが収穫だ。おこうや忠八の為にも、捨て鉢になるわけにァいかん」

庄助は口惜しさを嚙み殺し、この稲を大切に育てることを誓ったのである。

その夜の事である。暮れ六つ時から曇り出した空に雨は訪れなかったものの、雷だけが巨大な太鼓のように雷鳴を響かせていた。そしてこの夜はめずらしく、吉右衛門の家から馬の嘶が何度も聞こえてきた。庄助は胸騒ぎがした。雨の降らぬ雷は凶兆である。

翌朝、吉右衛門の屋敷では悲鳴と怒声が飛び交っていた。庄助が駆け付けると、すでに屋敷には多くの百姓らが詰めていた。そして、吉兵衛が泣き喚く奥方を慰めているのである。

「これは一体どうしたことだ」

庄助が訝っていると、松吉が「吉右衛門殿がおロクになったらしいぞ」と云ったのである。庄助は吃驚してしまったが、それよりも松吉が何かを恐れるようにひそひそ声で話すのが気になった。

「吉右衛門殿はな、首が無ォなってもうたのじゃ」

松吉は怯えたような顔でそう云った。果たして吉右衛門の亡骸は庭に打棄られており、首だけが何処かへ行ってしまっているのである。その断面を隠すように、蓑笠が縛り付けられていた。

「どけィ、道を開けんかァ！」

百姓らを蹴散らすような声が聞こえ、岡っ引きどもが屋敷に押し入った。誰かが陣屋に走ったようである。手先の男は亡骸の子細を検分し、「これは確かに川島村の吉右衛門殿か」と奥方に確認した。だが既に奥方は気を失っており、代わりに答えたのは吉兵衛であった。

「間違い御座りません。弟であるわたしの目に狂いはありません」

「ふむ。して、肝心の首は何処に行っちまったんだ」

岡っ引きは百姓らに命じて屋敷中を捜させ、見つからぬとわかると、さらに村中を捜させた。庄助らは百姓仕事などそっちのけで吉右衛門の首捜しに駆り出されたのである。やがて「あッ」という声が上がった。声の主は松吉であった。庄助が駆け付けると、吉右衛門の首は、吉兵衛が小作するドロ田の畔に落ちていた。だが松吉ら百姓は遠巻きに首を眺めるだけで、手先が来るまで近寄ろうともしないのである。勿論それは首が不気味だからであるが、理由はそれだけでは無かった。

四囲に足跡一つ無かったのである。ドロ田の周囲は畔まで泥濘んでおり、誰かが首を打棄ったのであれば、その跡が残らなければならない。にも拘わらず首の周囲りには足跡が無かった。首だけが飛んできたとしか思えぬ状況である。吉右衛門の目はかっと見開かれていて、物凄い表情だった。

「ヤッ、これは面妖な！」

岡っ引きは険しい顔で吉右衛門の首を掴み、「こいつはまるで抜け首のようだ」と云った。

吉右衛門の首は手先らによって屋敷に運ばれ、よくよく検められた。そして間違いなく吉右衛門本人と認められたのである。それにしても奇怪な亡骸であった。首は刃物で切断されたわけではなく、千切れたような、捻じれたような、手先らには見た事の無い切り口だった。

「首が独りでに飛び立ったんじゃねえか。でなけりゃこんな切り口になりゃせんぞ」

若い手先がそう云った。

「馬鹿な事を云うんじゃねえ。そんな話なぞ聞いた事が……」

そこまで云いかけた別の手先は、ふと町でそのような噂を耳にしたことを思い出した。首が飛ぶ妖怪や、首が伸びる妖怪である。

「そう云えば、町の方では馬鹿馬鹿しい噂が真しやかに伝わっておるな。妖怪を見たなんぞ法螺を吹く奴がいて、妖怪を模した大入道の絡繰り山車まで作られてるって云うじゃァねえか」

「うむ、四日市宿だな。あながち法螺話では無いかも知れぬぞ。火の無い所に煙が立つ道理も無し。妖怪話とて無下には出来ん」

するとそこへ吉兵衛が現れ、岡っ引きらに深く頭を垂れた。

「兄が皆様にご迷惑をお掛けしお詫びさせてもらいます。この通りで御座います」

「きさま、この吉右衛門殿の兄弟だそうだな。事の成り行きを知っておるのか」

「ええ。なにせこの妖怪を討伐したのはわたしで御座いますから」

一同がざわつくと、若い手先が百姓らに向かい、「静まれィ」と一喝した。

「しかし兄弟というのは誤認が御座います。この男は兄ではありませんが、正妻の子ではなく、わたしとは腹違いに御座いまする。実は兄の母にあたる女は、かつて唐から交易を通じて来た落頭民という血族の末裔なのだと、父から聞かされたことが御座います。その女は東海道を通じて四日市宿に流れ着き、何の間違いか父の種を授かったそうで御座います。長い年月に妖怪の血は薄まれど、何代かにひとりはこうして先祖返りを起こすのでしょう。わたしの母は不妊の性質であったらしく、この女を妖怪の末裔と知らずに子を譲られた訳ですが、その後でわたしを身籠ってしまい算盤に間違いが生じたので御座います」

　唖然としながら聞き入っていた岡っ引きだが、やがてはっとした様に、「きさま、空言を吐かしているのであれば引っ立てるぞ」と十手に手を伸ばした。

「嘘では御座いませぬ。わたしもこの目で見るまでは信じておりませんでした。昨夜、兄の寝所へ参ったところ、兄は縁側に腰かけておりました。今年の収穫を心配しており、そのまま寝入ってしまったのでしょう。わたしが見た時、今まさに首が胴から離れんとするところでありました。そしてわたしのこの目の前で、兄の首は舞い上がり、耳を翼と羽搏いて闇夜を飛んでいったので御座います」

　吉兵衛は身振り手振りを交え、さらには声音まで使い分けて昨夜の様子を説明してみせた。これまで百姓らの前で見せていた間抜けな姿とは似ても似つかぬ態度であった。

「わたしは兄を一族の誇りと思っとりましたが、妖怪となればそうも云ってはおられません。身内の恥に始末をつけようと、蓑笠で首の付け根を覆ってやったので御座います。そうすれば抜け首が胴に還れぬと噂で聞いたので御座います。町の方ではこのような妖怪話などめずらしく無い様ですから」

　吉兵衛の口調は何処か得意気であった。腹違いだと云っておったが、吉右衛門が妾の子だと云う話は誰も聞いた事がなかった。そして吉兵衛は、

「わたしには妖怪の血など流れておりませぬからご安心くだされ。鼾は五月蠅いかも知れませぬが、

寝ている間に首が飛ばぬことは村の百姓らがよく知っております」

と云うのである。

「吉兵衛奴が皆の前で高鼾を掻いてみせたのは、この場で申し開きをする為の策謀だったのかも知れん」

庄助は思わずそう勘繰ってしまった。

「この男の片口ばかりでは判明らぬぞ」

手先らはそう云い、四日市陣屋から係り役人を手配して丹念に亡骸を検めていたが、調べれば調べる程に、吉兵衛の話を裏付ける事になったのであった。

一つには吉右衛門の首が胴から離れていた事である。吉右衛門の死が人の手に依るものなら、まず首を切断する事が至難と云わざるを得ない。なにせ村に刀などある筈もなく、包丁や鉈で切断しようものなら、何度も刃を振り下ろして切り刻まなければならぬ。しかし首の傷はその様になってはいなかった。切ったというより、強い力で引き千切れた様だったのである。

二つ目には、吉右衛門の首の周囲に足跡が残っていなかった事である。吉右衛門の首は吉兵衛の耕すドロ田で見つかっていた。ドロ田のあたりは年中湿っている為、人が歩こうものなら必ずその痕跡が四囲に残される。しかし首の周囲を見回しても、そのような跡は一寸も見当たらなかった。

「吉兵衛曰く、抜け首は胴に還れず朝日を浴びると死ぬのだそうじゃぞ」

「ならば吉兵衛の話を真と考えるのが自然じゃァ」

村人らは吉兵衛の話をすっかり信じ込んでいた。長年百姓をやっていると、この世に摩訶不思議な事など幾らでもあると思い知らされるのである。この怪異もその内の一つだと、百姓らは信じて疑わなかった。

　川島村の庄屋は世襲である。吉右衛門亡き今、後継ぎは吉兵衛しかいなかった。なにせ吉右衛門の一粒種の倅も妖怪の血を引いているのだから、尤（もっと）も至極な成り行きであった。

　係り役人の検分が終わると、吉兵衛は庄助と松吉に対し、吉右衛門の遺体を灰にするよう命じた。妖怪であるのだからお葬式（とむれえ）などするなと云うのである。正式な任命は受けておらずとも、次期庄屋の言葉とあれば最早（もはや）逆らえる筈もなかった。

　庄助は村の外れに柴（しば）や割木を積み上げて三昧場（さんまいば）とし、二刻（ふたとき）程かけて遺体を焼いた。その時に出る不吉な煙はけして村に掛からぬよう、風下を慎重に選ぶ必要があった。

　吉兵衛は他の百姓らに対し、屋敷の離れを焼き払うよう命じた。そこは昨日迄（まで）、吉兵衛自身が寝起きしていた所であった。さらに吉兵衛は庄屋替わりの祝いとして、吉右衛門の馬を好きにして良いと云ったのである。それは、百姓らから人望を得るための狡猾なる手口であった。

　村人らは離れを打ち壊し、その木片で火を焚いた。そして馬を屠（ほふ）ると、火を囲んで輪になり、馬肉を放り込んだのである。火の中からはぷーんと嫌な臭いがして来た。

　村人らはこの肉や皮に塩を振りかけて食べ始めた。肉を口に入れ、続け様に指に付いた塩を舐めるのである。四つ脚の獣を食らうことに難色を示す者もいたが、自らの意思に反し、空きっ腹に卑しくなった口が肉を貪って止まなかった。三昧場から戻った庄助と松吉は始めの内こそ遠巻きに眺めていたが、我慢し切れず一切れ口にすると、やがてその輪に加わった。

　餓（かつ）えた村人らは、すこしでも他人（ひと）より多く腹に入れようと先を争う様に手を伸ばし、肉はもとより内臓、目玉、骨迄しゃぶった。目を血走らせ、口から血を滴らせるその様は、さながら悪鬼（あっき）どもの夕（ゆう）

餉（げ）であった。

カケスの鳴く季節になった。

吉兵衛は、藩から正式に庄屋の任を与えられると、まるで人が変わった様になった。これ迄のうつけ者らしい言動は鳴りを潜め、兵法家（へいほうか）の如（ごと）く切れ者の一面を覗かせ始めたのだ。村人らは、吉兵衛が庄屋となって自覚が芽生えたのだと喜んでいたが、庄助には能ある鷹（たか）が隠していた爪を見せ始めた様に思えてならなかった。

ある日の夕餉時、庄助はおこうと忠八に、この冬も横井戸の掘り子をすると告げた。

「おれも松傘の彦六と同じ様に、クエでやられるかもしれん。そん時は……」

庄助はやおら立ち上がると、天井から吊（つる）してあった叺（かます）を取り外した。

「仮令（たとえ）おれが死んで田を失っても、この種籾を育て続けろ。冷たい井戸水で根腐れした稲の中で、それでも立派に育ち続けた稲じゃ。田を失くしても種籾なら受け継ぐことが出来る。だからこの種籾にご先祖様の思いも込めて託す事にした」

そして庄助は、叺の口を開いて中に納めた種籾を見せると、それを忠八に握らせたのである。

「夘之助が云っていた事だが、垣内村では横井戸の事を間歩（まぶ）と云うらしい。だからおれァ、この米を間歩錦と呼ぶ事にする。来年は間歩掘りで取り返した田圃に、この間歩錦を一杯播いてやるんじゃ」

庄助はそう宣言し、間歩を掘った時の苦労や、水が出た時の喜び、そして間歩錦を見つけた時の事を話した。忠八は目を輝かせて父の手柄話を聞いたのであった。

翌日から、庄助はまるで憑（つ）かれた様に穴を掘り続けた。間歩掘りに乗り気でない家を見つければ、百姓らの先陣を切ってその家に土塊を投げ付ける程である。傍から見れば、これ迄唾棄していた吉兵衛の一番の走狗（そうく）に成り下がった様である。

庄助は来る日も来る日も間歩へもぐり、一心に唐鍬を振るった。目の前の固い地層を親の仇（かたき）の如く叩きに叩いた。その鬼気迫る形相が、脇に置いた菜種油の火に半面だけめらめら照らされて、更に凄味を増していた。

庄助が土地に拘泥（こだ）わるのには理由（わけ）があった。

庄助は幼い時分から、百姓というものは真の意味で自分の土地を持っていないのだと父から説かれ続けてきたのである。土地は先祖代々伝わってきたものを自分の代で預かっているだけであり、そっくりそのまま子に渡す義務があるのである。田畑は先祖からの賜り物であると同時に、子孫からの預かり物でもあるのだ。それを、庄助は質流れして手放してしまった。なんとしても忠八の為、子孫の為に土地を取り返したかった。間歩掘りが完了した暁には、ヤケ田の代わりに別の田圃を貰えないか吉兵衛に頼み込むつもりなのである。

庄助は田圃を取り返したい一心で唐鍬を振り、鋤簾を打ち付け、穴を掘り続けた。

そして翌年の春を迎える頃、シメダシの水量は田畑を潤すに十分な量となった。間歩は、愈々（いよいよ）完成を迎えたのである。

第三章

やや暑さの強まった五月中旬の朝、早川は藤子を迎えに車を走らせた。

巽人形堂は近鉄(きんてつ)四日市駅からほど近い鵜森(うのもり)神社の隣にぽつんと佇んでいる。人形堂のある鵜の森という地名は、かつてこのあたりが松の立ち並ぶ海岸で、多くの海鵜(うみう)が飛来した森であったという伝承に由来している。人形堂の隣の神社は室町時代に築城された浜田(はまだ)城の跡で、もともとは初代城主である田原美作守忠秀(たはらみまさかのかみただひで)の霊を祀るために創建されたと伝えられている。

巽人形堂は商家風の造りをした日本家屋で、瓦葺きの屋根や漆喰塗りの白壁、それに木の板を重ね合わせた鎧(よろい)張りの壁面は、人形店というより呉服店のようだった。

早川が人形堂を訪れると、なぜだか店の間(ま)には、雅とそう年齢(とし)の変わらない子どもが何人もいるのであった。子どもたちは藤子と一緒に床に座り込み、彫刻刀のようなもので木材を削っている。どうやら人形の顔を彫っているようだった。この日は日曜日で学校は休みだが、しかしなぜ小学生が人形堂にいるのかさっぱりわからなかった。

「あ、早川さんだ！　じゃあねきみたち、悪いけどわたし出かけるから、また今度遊ぼうねー」

藤子が子どもたちに帰るよう促すと、途端に残念そうな声があがった。もう少しいいじゃんかよーと腹立たしそうに男の子が言うと、一方では女の子が恨めしそうな目で早川を見るのである。

「わたしはおまえらガキんちょと違って忙しいの。はい帰った帰った」

藤子が手で雑に追い払っても、子どもたちはけらけらと笑ってなかなか帰ろうとしない。結局根負けした藤子が、「じゃあまた明日ね」と約束させられる始末なのだった。

「じゃあねーお姉ちゃん！」

子どもたちがつむじ風のような勢いで人形堂を飛び出していく。藤子は子どもたちが残していったお菓子の空き容器を雑にゴミ箱に放り込んでいった。

八畳程度の店の間には、東に面した壁に三段の棚が置かれ、深い暗みを帯びた緋毛氈（ひもうせん）が敷かれている。各段には三体ずつ計九体の人形が並べられており、それらはすべてからくり人形なのだった。

上段の左側に据えられているのは品玉（しなだま）人形だろうか。両手で箱を抱えた童子（どうじ）らしい人形があり、箱は地に伏せられており、からくりによって人形が箱を持ちあげると中身が見えるようになるらしかった。人形が箱を伏せて持ちあげるたび、箱の中の品が変わるという古典的な人形だ。

その隣には伝統的な茶運び人形が置かれ、手に盆を持っていた。盆に湯呑を載せると動き出すことくらいは、人形に明るくない早川でも知るところである。

上段の右側には、口に笛をくわえ、手に鼓（つづみ）を持った人形が置かれていた。こちらは女性らしい顔立ちをしており、黒々と艶めいた髪をしていた。一本一本の毛先にいたるまでしっとりと潤いを保っていて、人工的な菅糸（すがいと）ではなく、どう見ても人の髪であるように思えるほどである。

人形は各々五十センチばかりで、九体の人形だけが贅沢（ぜいたく）に空間を使って鎮座しているのだった。

店の間に窓はなく、西側の壁には、作業台なのか腰の高さに固定された長く分厚い板が店の奥まで続いている。その上には乱雑に道具や人形の衣装が置かれていた。切りだしの小刀（こがたな）や大小異なる十数種類の平ノミ、鉋（かんな）、それに鋸（のこぎり）など、いずれも人形の部品を木材から切り出すための道具が並んでいる。金槌（かなづち）や木槌（きづち）、それに彫刻刀もあり、刃先の幅や厚さに応じて十種類以上あるようだった。

店の間の奥には人形の頭部がずらりと並び、その隣にからくりの命たる歯車や紐、ゴム、それに用途がよくわからない木枠や部品等が雑然と置かれている。

「以前小学校から依頼されて、人形作りをガキんちょどもに見せてやったんだ。そしたら喜んでくれてさ、自由に出入りしていいよって軽い気持ちで言ってやったのよ。そしたら放課後とか休みの日に来るようになって、まったく面倒ったらないよね」

口では面倒と言いながら、藤子の口調はどこか嬉しそうだった。近隣の住民が散歩がてら顔を出してくれることもあるそうだ。七年前に尾平町で焼失した巽人形堂だが、藤子の代になってからすっかり地域に溶け込んでいるようである。

早川は、藤子が無意識に人を惹きつけるさまを見て複雑な思いに駆られた。嫌われまいと必死な早川は誰からも愛されていないのに、嫌われても構わないという態度の藤子は、むしろ多くの人から愛されているのだ。早川はなぜか、ひどく裏切られたような気分になった。

この日の藤子は薄手のパーカにデニムジャケットを羽織っていた。子どもたちが散らかしたものを片づけると、藤子は作業台に置いてある、布をかけた四角い箱を持ちあげた。

「お迎えありがとね。『現身』についてはこの通り、完璧に直してあげたから」

この通り、と言われても、布で覆われているため確認することができない。早川は藤子の言葉を信じてとりあえず礼を言った。

そのとき早川は、店の間の隅に分厚い書籍が何冊も置かれていることに気づいた。四日市市史や三重県史、地質学、被圧地下水と、まったく脈絡のないものばかりである。

「ああ、これ？」藤子が早川の視線に気づいたのか、手近にあった一冊を手に取った。四日市市の歴史をまとめた、おそろしく分厚い史料編だった。

「抜け首の噂が本当か確認したくてね、そんなコアな情報をまとめた資料はないから、仕方なく史書を読んでるの」

「抜け首の、ということは、事件に関する資料ですね。では、他の本も事件に関係したものなのですか？」

　この十日間、どうやら藤子は独自に事件について調べていたようである。よく見ると、蔵之介殺害事件について報道した何紙もの新聞が、広げられたままの状態で本の下敷きにされていた。

「関係してるかどうかは、まだなんとも言えないな」

　早く行こうよ、と藤子は『現身』を大事そうに抱えて言い、二人は車に乗り込んだ。

　道中の車内で、藤子はもっぱら事件についての話を聞きたがった。藤子も何度か事情聴取は受けているそうだが、猪口や小紫とは事件以来会っておらず、捜査についてはなにも教えてもらっていないようである。

　捜査状況を教えてもらえないのは早川も同じだったが、代わりに猪口と小紫から聴取を受けた際、かねてより気になっていたことを質問させてもらっていた。

「あの、猪口さんと小紫さんは七年前に人形堂で火事が起きたときも、藤子さんの聴取をされたのですか？」

　早川がそう聞くと、小紫が口を尖らせてこう答えた。

「あのガキんちょはおれらのことなんてちっとも覚えてなかったけどな。まあ、火事で家族や人形堂を失って辛い時期の記憶やから、無意識のうちに忘れようとしていたのかもしれんけど」

猪口も苦笑しつつ言葉を継いだ。

「とは言え、忘れられとったんはちょっとショックやったな。藤子ちゃんを喜ばせようと漫才まで披露したんやけど」

「漫才？」

「ああ。藤子ちゃんの様子が心配やったもんでな。普通の十五歳なら親が亡くなって人形堂も燃えたとなれば大泣きするか放心すんのが普通やろ。ところが火事で両親を亡くした直後、悔やみの言葉を述べたおれに対して、あの子はなんて言ったと思う？　消火にあたってくれてありがとうございます、近隣住民や消防隊員で負傷した人はいませんかって言ったんやぞ」

「あのガキ、いまとは随分違って、おとなしい性格でしたよね」

「歴史ある家系で厳格な両親のもとに育ったと聞く。きっと心を殺しながら生きてきたんやろう。刑事である前にひとりの人間として、なんとかこの子に笑顔を与えてやりたいって思ったわ」

猪口と小紫の心優しさに胸を打たれた早川は、この二人が漫才を披露するという、ややずれた結論に至った点については触れないでおいた。

「藤子さんには、ウケたのですか？」

「おれらを気遣って、笑ったふりをしてくれてたよ。それが余計につらかった。色々誤解されやすい子やけど、本当は優しい子なんだよ」

まるで、自分の娘について語る父親のような口調だった。

猪口と小紫からはその後も二度ほど聴取を受けたが、残念ながら早川の見立てでは、捜査はあまり順調ではないようである。事件当夜の細かい時間の確認や、誰がいつ席を立ったかなど、ほとんど同じことの繰り返しで、捜査が進展している様子はうかがえなかった。

変わったことといえば、藁縄について聞かれたことくらいである。藁縄とは、文字通り藁で編んだ縄のことである。通常、酒は瓶詰めして出荷するが、特別な催し、例えば鏡開きなどのため、加賀屋酒造では樽酒も受注生産している。このときに酒樽（さかだる）を縛るのが藁縄である。多くの蔵では藁ではなく藁風のビニール縄を使っているが、加賀屋酒造は稲への感謝を示すため、手作業で藁を綯（な）っているのである。

刑事の口振りから、それが凶器なのではないかと早川は推察していた。つまり、蔵之介は絞殺されたのである。首を切断されたのは、死後、少し時間が経過してからのことだろう。生きている間に頭を落とされたのであれば、蔵之介の寝室は血の海になっていたはずだが、そのようになっていなかったのは、出血しない方法で事前に殺害されていたためだ。年老いた蔵之介の寝込みを襲えば、物音を立てずに縄で絞め殺すこともさして難しくないだろう。藁縄も麹蓋と同じく、普段は物置に置いてある。早川は自身の推理を口にしつつ車を走らせた。

屋敷へと通じる北道に差し掛かると、藤子が防犯カメラを見たいと言ったため、早川はカメラの手前で車を停めた。

エンジンを切って車を降りる。「猪出没注意！」と書かれた立て看板が目についた。

カメラは山道の途中、ちょうど緩やかなカーブを抜けて道が一直線になった部分に設置されている。かつてはいかがわしい成人誌や空き缶が無造作に捨てられる程度だったが、近年は洗濯機や冷蔵庫といった大型家電、さらには産業廃棄物の不法投棄も相次ぎ、地元自治会によってカメラが設置されたのである。

車から降りた藤子はカメラをじっと眺めたあと、今度はカメラと同じ方向を向いて、ウラジロの生い茂る山道を観察した。じーわじーわと虫が鳴き、呼ばれもしないのに羽虫がぶんぶん飛び交っている。市街は暑さを感じるほどの快晴だったが、一生吹山の山道は気温が低く、日差しもないため肌寒さを覚える。ゆるやかな登り坂の左手は急な斜面となり、まったく人の手が入っていない雑木林からは無造作に枝葉が突き出ていた。

「このカメラは道の監視しかできないから、道を外れて山中を歩かれたら確認できないよね。犯人が人目につかず山を下りようと思えば、このカメラがある箇所だけ道を外れれば済む話なんじゃないかな」

それは、当然刑事たちも考えたことだった。事件の翌日、荷物を取りに屋敷を訪れた早川は、警察が道路を封鎖して山中を捜索しているところを目撃していた。

鑑識課員が慎重にぬかるみを調べ、人が歩いた形跡がないか調べていたのである。直射日光がほとんど差し込まない山中では、年中地面がぬかるみ、落ち葉が堆積しているため、人が歩けば必ず痕跡が残るはずだった。

明るい日中に慎重に歩いても、歩いた跡を隠すことはできそうにない。真夜中となればなおさらである。というのも、歩く際に枯れ葉が踏み締められて不自然な形に歪み、しかも靴底についている泥が被るため、素人目にもあきらかに周囲と異なるのである。また、山中には細く弱々しい無数の枯れ枝が、まるで大気にヒビが入っているみたいに垂れさがり、頭や肩がぶつかれば簡単に折れてしまう。

専門の捜査官が人海戦術で調べれば、どこを通ったか見破られてしまうことだろう。

だが、一週間以上経っても刑事たちの動きに変化はなかった。もし人が通った形跡が見つかれば、犯人は屋敷で寝泊まりしていた和成、歩美、藤子、早川のいずれかであると早々に絞り込みができ、捜査にも進展が見られるはずである。

　早川がそのことを藤子に説明すると、藤子は白いスニーカーのままいきなり山中の落ち葉の上を歩き、その跡を確認し始めた。踏み締められた落葉に湿った土が被り、その跡は一目瞭然である。

　続いて、藤子は道の反対側、急傾斜となっている方に移動した。しかし二、三歩踏み出したところで、「いてっ！」と叫んですぐさま飛び退いてしまう。ズボンの裾から覗く白い肌に、朽ちた枯れ枝が刺さったようだった。

「肌を露出させて歩くのは危険でございます。枝が刺さりますし、他にも藪蚊やブヨ、ムカデ、毛虫など、多くの害虫がおりますので、あっという間に狙われてしまいます」

　捜査員たちも大変な目に遭ったことだろう。たとえ登山家だとしても、こんな山中に分け入って歩くことはできないはずである。切り開かれた登山道があるから、人は山を登れるのだ。人の手が介在せず、自然によって完全に支配された山中など、不用意に飛び込んで無事なはずがない。

「歩いて下りられないなら、頭だけ転がすっていうのは無理かな？　頭部だけ斜面を転がして下にいる共犯者が受け取った、とか。あ、冗談ね」

　藤子は涼しげな顔でとんでもないことを言った。早川はまだなにか言いたそうにしている藤子を車に乗せて屋敷に向かった。

「ただいま戻りました。巽藤子さんをお連れしております」

　早川が玄関口で声を出すと、奥から歩美がぱたぱたと小走りに出てきて、「早川、おまえはなんの用があってその子を連れてきたの」と厳しくとがめた。

「人形修理を行っていただき、本日ご納品いただくのでございます。蔵之介様の生前のご依頼でございますため、何卒(なにとぞ)ご容赦くださいませ」

歩美は早川を無視して藤子を睨みつけていたが、「用が済んだらすぐに帰りなさい」と命じて踵(きびす)を返した。

「お邪魔しまーす」

努めて明るく振る舞いながら、藤子は座敷の襖を開けた。するとそこにいたのは雅であった。雅は事件以降は外出することなく、家に閉じこもっている。もともと口数は少ない方だったが、事件のあとはほとんど話さなくなってしまった。

「あ、雅様。ちょうどいま巽藤子さんが修理した人形をお持ちくださいましたよ」

早川が声をかけると、雅は目をそらしながら座敷から出ようとした。

「待って！」

雅を藤子が引きとめた。

「ちょうどよかった。雅ちゃんのために特別仕様にしてみたの」

言うが早いか、藤子は戸惑う雅の前に布でくるんだ『現身』を置き、包みを解いた。

すると、現れたのはたしかに『現身』だったが、少し様子が異なっていることに早川は気づいた。台座を持つ傀儡師の顔が変わっていたのである。傀儡師の頭は金髪で、しかもティアラが載せられている。目にはつけまつげやアイシャドウまで施されていた。

「じゃーん、現代風のお顔にしてみました！　リカちゃんみたいでとっても可愛(かわい)いと思うんだけど、どうかな？」

「藤子さん、これはどういうおつもりで……？」

そこまで言いかけた早川だが、雅の様子を見て言葉をとめた。藤子が柔らかくほほえみかけると、雅も恥ずかしそうに笑顔を返したためだ。あきらかに不恰好な金髪の人形を見て、思わず笑ってしまったという様子である。事件から十日が経って、ようやく見られた雅の笑顔だった。

「昔じいちゃんから頭師の勉強をさせられてね、色んな頭を彫ったんだ。この頭はそのときに作ったやつ。気に入ってくれたかな？」

雅は戸惑いながらうなずき、「これ、可愛いね」と言った。

だがすぐに表情を引き締め、「でも元に戻さないと――」と口ごもりながら言うのだった。

元に戻さないと――、怒られる。雅はそう言いかけたのである。藤子はその答えを予期していたように苦笑し、「じゃあもうひとつだけ、これも見てもらえるかな？」と再び頭を取り替えた。

それは、木彫りの顔に凹凸だけが刻まれ、目や鼻、口が描かれていない、のっぺらぼうだった。

「これは、どう？」

藤子はなにげない様子でのっぺらぼうを雅に見せる。せっかく笑顔を見せたのに、雅は再び警戒心を露にした。藤子は『現身』の台座ごと角度を変え、のっぺらぼうの面を様々な方向から雅に見せている。

「さっきのパッキンと違って、こっちはお気に召してもらえないかな？」

雅は少し言いよどんだのち、「こっちは不気味で怖い……。なんか嫌だ」と怯えた声で言った。

藤子は大きくうなずいたあと、今度こそ本物の傀儡師の頭を取り出した。雅が落とした際に凹んだ頬や、割れてしまった目などは綺麗に復元されているようである。

「びっくりさせちゃってごめんね。壊れたときの衝撃で頭も凹んでたから、ちゃんと綺麗に直しておいたよ」

藤子はそう声をかけながら、雅の頭をぽんぽんと叩いた。ありがとう、とやや戸惑い気味に礼を言う雅だったが、せっかく人形が修理されたのに、あまり喜んでいないようだった。

「あれ、たんこぶできてるね」

「どっかにぶつけたの？」

藤子は雅の頭に乗せた手を動かし、前頭葉のあたりを撫でている。

「わかんない」

雅は自分でも自覚がないらしく、おそるおそるこぶを触りながらそう言った。

「自分でもわからないなんて不思議だね。知らない間に腫れてたの？」

「変な夢を見ると、こうやってたんこぶなんかができる事があるの」

「変な夢？」

「飛んでるような、ふわふわした気分で家の中を色々行ったり来たりするだけなんだけど」

「うーん、それは……」藤子は少し口ごもった後、「変な夢だね」と言った。雅はそんな藤子を怪訝そうな顔で見つつ、座敷をあとにした。

「一瞬のこととはいえ、雅様の笑顔を拝見できて安心いたしました。ですが、藤子さんが傀儡師の頭を金髪に変えていたときは驚きました。いたずらが過ぎますよ」

早川は『現身』を桐簞笥の上に戻している藤子をたしなめた。藤子はいつものように笑ってくれるものと思っていたが、しかし今回はそうではなかった。これまで見たことがないほどまじめな顔をして、雅が出ていった襖をじっと見つめるのである。

「どうかされたのですか？」

「うん……」

のっぺらぼうの頭を取り出し、藤子は重たげに口を開いた。

「早川さん、この顔見てどう思う？」

早川は藤子からのっぺらぼうを受け取り、しげしげと眺め回した。どう思うかと聞かれても、顔が描かれていないのだから、感想の言いようがない。しかし、頭部を傾けて上や下から眺めると、不思議なことに表情のようなものが見えるのである。具体的には、下から見上げるとやや冷淡で見下されているような視線を感じるが、上から眺めると穏やかな、眠っている子どもを母親が慈しんでいるような表情に見えるのだ。

「不思議でございますね。顔がないのに、表情があります」

「それはね、面の陰影で表情を表現する、能面の技法を取り入れた頭なんだ。顔を描かなくても表情が読めるように工夫して彫ったんだよ。やっぱり手彫りの方が愛嬌（あいきょう）があるよね。最近は３Ｄプリンターで簡単に頭を作れるんだけど、シリコン製の頭を作ったらめちゃくちゃ怖かったよ」

藤子は早川の手からのっぺらぼうを引き取ると、自身の目の高さにそれを掲げてじっと覗き込んだ。

「『面とは、無心を以て真の顔を映す鏡である』。じいちゃんの言葉なんだけどね。雅ちゃんはこの面を見て、不気味、怖いって言ったでしょ。この面に浮かんだ表情は彼女の心象風景だよ。きっと、なにか怖い思いをしたんだ」

「蔵之介様が亡くなったことでしょうか」

藤子はそれには答えず座敷を出ると、「怒られる前に帰ろっか」と言って靴を履き、あっという間に玄関を出ていった。早川もそれを追って慌てて屋敷を出ようとした。すると歩美が二階から下りてきて、「あの子にはもうこの家の敷居を跨がせないでちょうだい」と言うのである。

「藤子さんは人形を綺麗に直してくださいました。雅様も喜んでくださっております。なぜ、歩美様は藤子さんを邪険に扱われるのでしょうか？」

「やかましいわね！　あなたは言われたことだけきちっとやりなさい！」

歩美は早川を玄関から押し出すと、音を立てて戸を閉めてしまった。早川は呆気にとられ、ただただ鼻先で閉められた戸を見つめることしかできなかったのである。

北道を通って一生吹山を下り、北道の入口脇にある社員寮を通過する。昨日電話で藤子が酒蔵を見学したいと言っていたため、早川は酒蔵に向けて車を走らせていた。東名阪自動車道の高架をくぐると、点在している民家や小さな田畑が見えてきた。

矢合川を越えて桜町に入る。このあたりは田畑が減り、住宅街になる。古くからある米穀店、酒屋、床屋に公民館。軒先にたまねぎを吊した木造住宅は、格子戸がささくれ、雨樋はすっかり錆びついている。柱を一本抜くだけで倒壊しそうなうらぶれた平屋が並び、その先には滑り台しかない小さな公園。いずれも早川が加賀屋酒造に来た平成のはじめと寸分変わらない。学生相手にたい焼きを販売する老夫婦は、もうずっと以前から老人だったように思うが、いまも健在である。駐車場のコンクリート壁には弁柄色のペンキで鳥居が描かれ、お稲荷様の通り道が作られていた。川の流れすらとまって見えるほど、ここはなにも起きない町なのである。だからこそ、蔵之介の事件は衝撃的だった。

加賀屋酒造の酒蔵が見えてくる。早川は駐車場に車をとめ、門の脇にあるくぐり戸を開けた。戸のそばには時季外れのハナミズキがまだ咲いている。三月下旬までは鶯（うぐいす）のさえずりも聞こえていたが、いまでは随分昔のことのように感じた。

蔵は俯瞰（ふかん）すると大きなコの字形になっていて、入口の門は西に面している。軒先には大きな杉玉が吊り下げられており、案の定藤子が目をとめた。

「なにこれ、マリモ？」

「こちらは奈良県桜井市の三輪（みわ）にある大神（おおみわ）神社から賜った杉玉でございます。名前の通り、杉の葉を集めて玉にしたものですよ。五月のこの時期はまだ青々としておりますが、やがて夏、秋と季節が移ろうにつけ、徐々に茶色くなるのでございます。毎年、新酒ができるころに届きますので、杉玉の色を見れば酒の熟成度がわかると言われております」

入口のすぐ左手には日本酒の直売所と事務所を兼ねた小屋があり、中は仕切り板で隔てられている。窓から覗くと、和成が注文表に赤線を入れてため息をついていた。また注文がキャンセルされたようである。

「お体は大丈夫でございますか？」

早川は開け放してある戸の外から和成に声をかけた。

「ああ、大丈夫。心配かけて悪かったね」

和成は目の下にクマを浮かべて疲れきった顔をしていたが、それでも早川や職人の前では気丈に振る舞っていた。早川はかねて和成の体調を心配していた。つい二か月ほど前にも、原因不明のひどい頭痛と目の痛みを訴え、いくつもの眼医者や病院を回っていたのである。

「受発注はわたくしがやりますので、和成様は少しお休みくださいませ」

早川がそう言ったとき、ちょうど事務所の電話が鳴った。早川が素早く受話器を取る。そうでもしなければ、和成はなんでも自分でやろうとしてしまうからだ。

「もしもし、加賀屋酒造でございます」

「ああどうも。蛭川です」

電話をかけてきたのは、蛭川酒造の蛭川だった。事件のあとは蛭川と、専務の桂木のもとにも刑事がたびたび話を聞きに行っており、随分と面倒をかけたようである。

「このたびはご迷惑をおかけしまして、本当に申し訳ございません。落ち着きましたら、あらためてお詫びにあがらせていただきます。桂木さんにもよろしくお伝えくださいませ」

「お宅も大変でしたなあ。社長のことはわしも残念でしたわ。ところで、新社長の和成さんはおりますかな。県の酒造組合のことで打ち合わせがしたくて、できればすぐにでもそちらへ行かせてもらえればと思うんやけど」

「少々お待ちくださいませ」

早川は、蛭川さんです、と伝えて和成に受話器を渡した。

「お電話代わりました。加賀屋です。先日はご迷惑をおかけしました。酒造組合の業務については義父より引き継いでおりましたが、いまからすぐというのはちょっと……、申し訳ありません。え、代わりにビデオ通話ですか？　ええ、まあ、できますが……」

電話を終えると、和成は受話器を台に戻し、パソコンを起動させた。

「やんわり断ってみたんやけど、押し切られたわ。どうしても打ち合わせがしたいんやってさ。こっちの都合なんてお構いなしや」

五月は多くの酒蔵にとって閑散期のため、蛭川は暇なのかもしれない。加賀屋酒造は酒米作りに事件のことまで重なって、てんやわんやの状況だが、そんな事情など蛭川はお構いなしなのだった。

和成が入口の方を見やり、藤子がいることに気づいて意外そうな顔をする。

「おや、人形修理に来てくれた子やね。えっと……、巽藤子さんやったかな。今日はどうしてこちらに？」

早川は藤子がうっかり事件捜査に来たとでも言いやしないか不安になったが、そんな心配をよそに、藤子は酒造りに興味があって来たのだと平気な顔で言った。

「それなら、蛭川さんとの打ち合わせまでぼくも一緒に案内するわ。藤子さんには事件で迷惑かけてしまったから、せめてもの償いとしてね」

加賀屋酒造は江戸末期の創業で、かつては一生吹山の東に蔵を構えていたが、昭和初期に現在の桜町に場所を移している。蔵は三百坪にも満たず、酒蔵としては小規模だが、全国新酒鑑評会ではたびたび賞をとるなど、三重県を代表する酒蔵である。特に、『間歩錦』で醸した純米大吟醸酒『間歩守』は、四年連続で金賞を受賞している。

事務所を出ると、早川たちは中庭を東に進んだ。事務所から中庭を挟んで正面には倉庫があり、事務所の東隣は釜場（かまば）となっている。釜場から中庭を挟んだ南側には貯蔵庫があって、釜場と貯蔵庫の東隣は仕込み蔵となっていた。この仕込み蔵は南北に長く、北端は釜場、南端は貯蔵庫とそれぞれ内部で繋がっている。蔵之介の首が発見された出荷台は、貯蔵庫の裏手にあった。

蔵全体は焼杉に渋墨（しぶずみ）を塗った黒い板壁（いたかべ）で囲われているが、西面（さいめん）の入口と、配送業者がトラックを横づけする南面（なんめん）だけが開閉式になっている。

　和成は中庭に立つと、まず井戸の説明を始めた。

「加賀屋酒造では、二基の井戸を使って汲（く）みあげた地下水を仕込み水に使っとる。それぞれ地下百メートルと二百メートルから自噴する掘り抜き井戸や。ウチの井戸水は中硬水（ちゅうこうすい）で、この深度に分布する地下水には鉄分（ソブ）が含まれとらんから、水質的に清酒造りに適しとる。すぐそこを流れる智積養水（ちしゃくようすい）は日本の名水百選にも選ばれたことがあるように、四日市は良質な地下水の豊富な街なんや。ってまあ、藤子さんも市内在住なら知っとるよね？」

「全然」

「えっ」

「水なんて普段は意識しないもん」

　和成は拍子抜けしたような、少しがっかりした様子だったが、すぐに気を取り直して説明を続けた。

「四日市は、かつては公害問題ばかり取り沙汰される工業都市やったけど、いまは水の美味しい街としてPRしとるんや。水道局が販売する天然水は、かの有名なモンドセレクションで金賞も受賞しとるよ」

「かの有名な！」

「そう、かの有名な。だから地下水が豊富で質もいいんよ。土壌も豊かで、昔から美味しい米も作られとった。うまい酒に必要な二つの要素、水と米のどちらも満たしとるから、うちはいい酒を造れてるんや」

　そう言うと和成は釜場の中に入り、酒造りの工程や施設の紹介を始めた。

「ここが釜場。収穫した酒米は、左手にある精米機で磨かれて白米になる。そしてその米は、井戸水で洗い、水分を吸収させたあと、この大釜で蒸しあげるんや。これを蒸米と言う」

和成が精米機や井戸、釜を案内していく。

「わー、でっかい釜だね！　小さいころに絵本で見た地獄の釜ってこんな感じだったよ！」

藤子は、釜場の中央に据えられた大釜を見て大はしゃぎしている。近くに置かれた脚立にのぼり、釜の中を覗き込んでいた。藤子の言葉通り、バーナーで加熱しているときの大釜は地獄の釜のようである。釜場の中は熱気と水蒸気で猛烈な暑さになり、凍てつくような冬の朝でも全身汗だくになるのだった。

和成は大釜の脇を抜け、釜場の奥に向かう。その先には麹室があった。釜場の隅に設けられ、特別に周囲を断熱材で囲われたその一角は、四方に窓すらない独居房のような部屋である。

「こっちは薄暗い部屋だね。麹蓋っていうのは、ここで麹を作るために使うの？」

麹室の中央に置かれた台を見ながら、藤子がたずねた。麹蓋は台の端に積み重ねられている。蔵之介の胴体に、まるで首の切断面を隠すように置かれていたのがこの麹蓋だった。

「その通り。大手の蔵では自動製麹装置を使っとるけど、小規模な蔵ではいまも麹蓋や。『もやし』て呼ばれる種麹の胞子を振りかけて繁殖させるんよ。でも麹を手作りするのは別にめずらしくないで。家庭でも塩麹や醤油麹を手作りするところはあるからね」

麹蓋とは「蓋」という名前に反し、使い方は皿のようである。蓋というとなにかに被せるものだが、早川が麹蓋で蓋をしているのを見たのは、蔵之介の遺体を発見したときだけだった。

和成は麹室を離れると、東面の連絡通路を通って仕込み蔵に進んだ。

「放冷された蒸米は、仕込み蔵の木桶（きおけ）で糖化と発酵を行う。よその蔵では冷却装置と一体になったホーロータンクやステンレスのタンクで仕込んどるけど、加賀屋酒造は見ての通り昔ながらの木桶で行っとる」

「うわっ、壮観だね！　江戸時代みたい！」

　蔵に来た見学客はだいたい仕込み蔵を覗いて歓声をあげる。八つの木桶が二列ずつ並べられた蔵の光景は、まさしく古き良き酒造りの光景そのままだからだ。

「どうして木桶で日本酒を作るの。レトロ趣味とか？」

「ステンレス製のタンクとちゃって、木桶には菌が棲（す）んどるんや。それが発酵に好影響を与えてくれる。さらに杉の木は抗酸化成分を含んどって、消臭や脂肪蓄積の抑制、それに火落（ひおち）菌の増殖抑制効果がある」

　藤子は木桶の杉材に触れたあと、身を乗り出して桶を覗き込んだ。

「よくわからないけど、木桶で作る方が美味しいお酒ができそうだね」

　大手の酒造メーカーは通年で酒造りをしているが、そこでは暗い緑のホーロータンクが無数に並んでフル稼働している。まるで工場のように。だがそれは日本酒ではなく単なる工業製品だと、蔵之介は生前に言っていた。早川はそれを思い出し、少し涙ぐんだ。

「木桶に棲みついた菌は酒造りを左右するほど重要な存在や。米の糖化では麴菌が活躍したが、発酵は酒母、つまり酵母菌のおかげで成り立っとる。うちでは蔵に棲みついた独自の蔵つき酵母を使って発酵させる。醸造中に飛散した酵母は柱や壁に付着して、蔵特有の酵母菌が棲みつくようになるんや。味にもムラができやすいけど、それが良くも悪くも蔵の味やった。けど蛭川さんとこなんかは日本醸造協会からアンプル買って、ありきたりで魅力のない酒ばっか造っとる。義父はそれを嫌っとった」

日本酒は、米が原料にもかかわらずフルーツのような香りがする。熟したバナナや青リンゴ、それにメロンのような香りだ。これは酵母の発酵過程で発する吟醸香のためで、酵母菌は蔵によって異なるため、吟醸香も蔵ごとに変わってくるのである。

「木桶だけじゃなく、櫂棒も木製を使っとるよ。櫂棒は仕込み桶の中で水と酒米、それに麹なんかを混ぜるために使う棒なんやけど、用途ごとに使い分けがある。ウチはそれらも全部木製や」

仕込み蔵の壁には、三種類の櫂棒が立てかけられている。和成はそれらを藤子に説明した。

「もっとも一般的に使われるのが蕪櫂、このデッキブラシみたいなやつやな。この蕪の形をした先端で酵母や醪の攪拌をするんや。んでその隣が棒櫂。こっちは先端がしゃもじみたいな形になってて、酒母作りに使う。最後は鬼櫂や。ぶっとくて鬼の金棒みたいやろ。仕込みの際、硬くて潰れにくくなった米とかを攪拌するときに使う」

和成は仕込み蔵を南に歩き、槽場で搾りの工程の説明を始めた。規模の大きな蔵では、俗にヤブタと呼ばれる蛇腹状の圧搾機を使っているが、加賀屋酒造では昔ながらの槽を使って搾っている。これは醪を入れた酒袋を舟形の容器に並べ、圧力をかけて搾る手法である。

「よその蔵では大吟醸とか一部の高級酒だけ槽を使って、普通酒はヤブタを使ったりするけど、うちでは普通酒は造らんからね。みんな槽を使って上槽しとるよ」

和成が槽場を離れ、隣の貯蔵庫に進む。仕込み蔵と貯蔵庫は別の建物だが、槽場の西面に片開きのドアがついており、開けると貯蔵庫と繋がっている。

「最後は貯蔵庫や。ここはまあ、見てのとおり出荷前のお酒を貯蔵しておくとこや」

そう言って和成は貯蔵や火入れの工程を説明しようとしたが、ふと腕時計を見て慌てた声をあげた。

「あかん！　早川さん、悪いけど説明を任せてもええかな？　もう蛭川さんとの打ち合わせの時間や」

　あの人の都合に合わせるのも大変だよ、と文句を垂らしながら、和成は駆け足で事務所へと戻っていった。三重県酒造組合の会長を務めていた蔵之介の逝去にともない、副会長であった蛭川が会長職を代行している。しかしなにぶん急な話で、中央会から届く重要な資料なども蔵之介宛てに届いていたため、和成に協力してもらう必要があるとのことである。

「日本酒造りって大変なんだね！　ビールは製造工程をほとんど機械化してるから、てっきり日本酒もそんなノリで造ってるのかと思ってたよ。でも、わたしはこの蔵の雰囲気の方が好きだなー」

　藤子は目をつむって両腕を広げると、深呼吸でもするみたいに大きく息を吸い込んだ。山から吹き下ろされる湿り気を帯びた空気に、蔵の床や壁に沁み込んだ、少しだけ酸味の混じった香りが溶け合っている。

「思いのほか酒蔵見学を楽しんでいただけたようで嬉しゅうございます。わたくしはてっきり、事件捜査の方便として蔵を見ているだけかと思っておりました」

「途中まで目的を忘れて観光してる気分だったよ。ところで、蔵之介さんの首が置かれていた出荷台は？」

「火入れ場の外でございます。業者用の出入り口のすぐ先にあるのですよ」

　早川は貯蔵庫の分厚い木の床を歩きながら、隣の火入れ場に繋がるドアを開けた。貯蔵庫は日本酒の保存や瓶詰めを行う貯蔵場と、火入れを行う火入れ場の二部屋に分かれている。

早川は建物の南面に取りつけられたシャッターの開閉ボタンを押した。ゆっくりと軋み音を立てながらシャッターが上方に開き、二メートルほど先に渋墨塗りの板戸が見えてくる。蔵の南側の戸は業者用で、その向こうはトラックが横づけできるようになっている。出荷台は板戸とシャッターの間、貯蔵庫の屋根に隠れる位置にあり、ここに出荷用の瓶ケースや酒樽を重しにして、配送伝票も一緒に並べられていた。

「あれ、肝心の出荷台は？」

「もちろん警察の方が持っていきました。さすがにそのまま置きっぱなしというわけにはいきませんよ。それに血が付着していて、もう使うことなどできませんから」

「血が付着していた？　出荷台に？」

「ええ……。相川さんや長島さんからそう聞いております。どうかされましたか？」

生首が置かれていれば血が付着するのは当然である。ところが藤子は、まるで計算違いとでも言うように意外そうな顔をしてなにか考え込むのだった。

「そういえば、警察の方からは商品を貯蔵庫の外に放り出すのは危険だと注意され、事件後は配送業者の方に直接引き渡すようになりました」

「うん。さすがにわたしでも、直接渡すのが普通だと思うよ」

まったく返す言葉もなかった。面目ないとはまさにこのことである。早川が顔を赤らめている間に、藤子は貯蔵庫の外に出て、蔵を囲っている板壁を見上げ始めた。

「高さは二メートルくらいかかな。台を使えば簡単に乗り越えられそうだね」

「いえ、それがですね……」

身内の恥をさらすようで言いづらかったが、早川は素直に打ち明けることにした。

「事件当日、そこの板戸は鍵をかけていなかったようでございます。いえ、鍵どころか戸を閉めていたかも怪しい状況でして……。事件の日に限らず、そこの戸はいつでも業者の方が出入りできるよう、鍵を開け放していたのです。こんな田舎でなにかあるなど誰も考えておりませんでしたから……。なので、壁を乗り越える必要などなく、誰でも出荷台に近づけたのでございます」

「えっ、じゃあこれまでは、出荷台にお酒を置いたあと、業者が来るまでの間、誰でもお酒を盗むことができたってこと？」

「これまでそんなことは一度もありませんでしたから……。もちろん、事件を機に警察の方にも厳しく指導され、いまでは厳重に鍵をかけるようにしております」

藤子はそれを聞いてなにやらぶつぶつとつぶやいていたが、やがて思い直したように顔を上げると、突然火入れ場を横切り、中庭の方に歩いていった。

「どうされたのですか？」

「誰でも簡単に入れたんなら、ここを調べてもあまり意味はないなーと思って。それより、首を見つけた職人さんから話を聞いてみたいかな」

「この時間は田んぼに出ております。ちょうど『間歩錦』の田植えの時期でございますので」

「いいね。田んぼも見たかったんだ！」

首を見つけたときの話など、快く聞かせてくれるはずもないのだが、藤子はすっかり田んぼに向かうつもりになっていた。ずんずんと脇目も振らず歩く藤子を、早川にはとめられそうにもなかった。

猪突（ちょとつ）猛進というのか、事前の根回しや調整という段取りをすっ飛ばして、藤子は目的地まで一直線に走るところがある。まるで駄菓子屋に駆けていく子どものような、あり余る元気さと危うさが見えていた。

田に出るならばせめて靴だけでも履き替えなければならないと思い、早川は藤子を連れて事務所に入った。和成がノートパソコンと向かい合っており、画面には蛭川が映っている。

「自薦他薦にかかわらず、理事になるには組合員となってからある程度の期間が必要で、残念ながら和成さんはまだ要件を満たしてませんな」

「ご心配いただかんくても、ぼくは理事や会長になろうなんて思ってませんよ。次期会長は、蛭川さんに務めていただければと思います」

「いやいやあ、わしなんぞは人の上に立つタイプとは違いますからなあ」

どうやら酒造組合の話をしているらしく、蛭川はしきりに謙遜しているが、その口調はまんざらでもなさそうな様子である。

「じゃあ蔵之介さん宛てに届いた文書はこちらに転送しといてもらえますかな」

「ええ、あとで妻に送らせましょう」

「手間かけさせてすまんなあ。ああ、早川さんもいらしたんですな。お恥ずかしいところをお見せしました。聞かんかったことにしてください」

カメラの画角(がかく)に入らぬよう気をつけていたが、うっかり映っていたようである。二足の長靴を摑んで油断していた早川は、さぞ間抜けな恰好に映ったことだろう。

「映り込んでしまい申し訳ございません。すぐに立ち去りますので」

「農作業ですかな？　うちはわしと桂木しかおらんような小さい蔵ですから、酒造りだけで精一杯ですわ」

蛭川の背後には蛭川酒造の銘柄が書かれた酒瓶が並んで映っており、どうやら蔵にいるらしいと早川は思った。蛭川酒造は、かつては蛭川の妻が事務を務めていたが、何年か前に出ていってしまったようである。

「和成さんも普段から田んぼに出てるんですよね。今日もこれから行くんですかな？」

「ええ、もちろん。自分が一番泥にまみれるつもりで農作業に取り組んでいます」

「全員総出で大変ですな。和成さんも早川さんも、お気をつけて」

通信の状態が悪いのか、蛭川の背後からごおごおという音が聞こえる。早川はカメラに向かって一礼したあと、藤子を連れて田んぼに向かった。

加賀屋酒造の田んぼは一生吹山の東に広がり、すぐそばには健康ランドがある。農道には『農耕車優先』と書かれた立て札が置かれ、健康ランドの利用者には迂回路(うかい)の利用を訴えていた。

田んぼの脇の空き地に車をとめると、ちょうど長島と相川がひと休みしているところだった。蔵之介の首を最初に発見した二人である。速乾素材の長袖Tシャツにデニム生地のカーゴパンツを穿(は)いて、首からタオルを下げている。五月とはいえ直射日光が容赦なく照りつける田んぼは暑く、二人とも汗だくだった。

「早川さんやん。藤子ちゃんまで、どうしたん？」

泥まみれの長靴に麦わら帽子を被った長島は、藤子を見ると驚いたように口を開けた。

「久しぶり！　事件以来だけどみんな元気かな？」

藤子が二人に声をかけ、田んぼでの酒米作りに興味があるから案内をしてもらっているのだと説明した。

「米作りに興味があるならちょっと時期が悪かったなあ。春先やったら『五百万石』の田植え、秋なら収穫体験会もやっとるんやけど」

　加賀屋酒造では、数年前から酒造りのみならず米作り、すなわち農業体験会を催していた。もともとは蔵で酒造体験会をやっていたのだが、和成の発案でさらに酒米の栽培から知ってもらおうと、米作りから体験できるようにしたのである。

「へー、体験会があるんだ！　田植えと収穫、どっちも興味あるなあ。わたしが行ったら社長夫人に怒られるんだろうけど」

「社長夫人？」長島のうしろに立っていた相川が不思議そうに復唱したあと、「ああ、歩美さんかあ」と納得したようにうなずいた。

「歩美さんは『森乃菊川（もりのきくかわ）』みたいな人やからね」

「森乃菊川？」

「東北で一番辛口の日本酒や。最初はガツンとやられるやろうけど、慣れてくると上品な甘みがあってな、キレのある喉ごしと余韻のある後味が印象的な酒や。あの人、昔はもっと品のある人やったから、それに似合わぬ厳しい物言いを見て、『森乃菊川』みたいやなあと思ったんよ」

　しばらく首をかしげていた藤子だったが、やがて「じゃあ和成さんはどんな人？」と相川にたずねた。

「あー和成さんは……」相川は少し考え込んだのち、「九州の『黒兜（くろかぶと）』やなあ」と応じた。

「甘酸っぱさと柔らかい旨味が特徴の酒や。通常なら焼酎や泡盛に使われる黒麹で仕込まれためずらしい酒でな、次々と新しい酒造りに挑戦する和成さんはまさに『黒兜』や」

　相川の解説を聞きながら隣で長島が苦笑する。

「こいつはなんでも酒に喩えたがんのや。人だけとちゃうで。建物見したら、これはデザインが華やかやから吟醸香に膨らみのある『春鹿（はるしか）』みたいやとか、小説の感想言わしても、意外性のあるストーリーと心地よい読後感は、キレがよく後味がいい『初雪盃（はつゆきはい）』やとか、とにかく基準がなんでも酒なんや」

　長島が相川の後頭部を軽く叩きながら説明した。蔵で最年長の長島は、このように後輩と乱暴なコミュニケーションを取ることがままあった。

「大卒のインテリでウチに就職した物好きはこいつくらいやで。おれとか他の蔵人は、地元の高校出てそのまま就職したクチやな」

「長島さんたちもお酒が好きだったの？」

「いやあ、まだ未成年やからな、日本酒なんて飲んだこともなかった。単純に金に釣られただけや。おれは学校行くために金借りとったんやけど、加賀屋酒造ではその返済を支援するために、返済金を給料に上乗せしてくれてたんや。当時の蔵元でそんな取り組みしてるんはめずらしかったで」

　長島がそう言うと、藤子は不思議そうな顔をした。歴史ある人形師の家系で、お金に苦労したことがなさそうな藤子にはいまいちピンと来ないらしかった。

「加賀屋酒造は地元への貢献を重視しておりますから、地元出身の学生限定で奨学金を代理返済しているのです。かく言うわたくしもその恩恵に与ったひとりでございます」

　他の職人たちも長島や早川と同じだった。けして裕福ではない三重の田舎に生まれ、手に職をと工業高校や商業高校に通い、そのまま地元に就職する。早川たちが他の学生と違うのは、奨学金という借金を抱えている点だった。当時は教職や研究職に就けば返済免除されていたのだが、大学に進学できない者には縁のない話であった。加賀屋酒造では早くからこのような借金で生活苦になる学生を支援するため、奨学金の代理返済をしている。早川が入社したころは代理返済が認められておらず、返済分を給与に上乗せするという形だったが。

ひとりだけ学歴などの背景が異なるためか、相川はばつの悪そうな顔をしていた。酒の喩えはともかく、相川の感覚は確かなもので、早川も一目置いている。通常は味覚で酒の良し悪しを判断するが、相川は透明感や香り、それに舌触りや風味の広がり方まで踏まえて酒の出来栄えを評価するのである。ただし、相川は臆病で気の弱いところがあり、酒に対する評価は正しくても、周囲の顔色を見て意見を引っ込めることがよくあった。そのため、忌憚のない意見が求められる唎酒師には向かないのではないかと、老婆心ながら早川は思っている。

「相川さんはなんでもお酒で表現できるんだね」

藤子は興味深げに相川の顔を眺めたあと、切り込むようにこうたずねた。

「じゃあ、あの事件について喩えるなら、どんなお酒になる？」

途端に、相川と長島は顔色を変えた。臆病な相川は唇を震わせ、まるで雪降る中へと放り出されたかのように、顎をカチカチ鳴らし始める。

「あんな事件、酒に喩えるもんと違うで」

「蔵之介さんの首を最初に発見したのは二人だったんでしょ？　確か、出荷台に置かれてたとか」

藤子の話を遮るように、長島が会話に割って入った。

「そんなこと知ってどうすんのや。女の子が首突っ込むこととちゃうぞ」

早川も長島の意見が正しいと思った。しかし藤子は、事もなげにこう答えるのであった。

「仕方ないじゃん。わたし、知りたいんだもん」

藤子のまっすぐな、駆け引きもなにもあったものではない返事に、長島は戦意喪失して笑ってしまった。

「おれは知らん方がええと思うけどなあ。まあ藤子ちゃんも関係者やし答えたるわさ。あの日の瓶詰めはおれと相川が担当やったから、二人で朝六時に蔵入りしたんよ。うちでは、蔵人が二人ずつ交代で、当日出荷分を瓶詰めしてから農作業に出るって決まりがある。その際、酒を入れた瓶に仮栓して湯煎すんのや。瓶燗火入れっちゅって、六十五度くらいの湯にくぐらせて殺菌するんや。火入れのあとは、栓した瓶を出荷台に置いて配送業者の回収を待つって段取りや。でも、あの日は出荷台の上に……、あったってわけや」

長島がそこで言葉をとめ、ぶるぶると震えている相川を見やった。

「しっかりせえ、男やろ！」

長島が一喝して相川の尻を叩く。すると相川は少しの間だけ震えが収まるものの、またすぐに震え出してしまうのだった。

「なんで長島さんは通報前に屋敷に来たの？　普通、生首なんて見たらまず警察呼ぶと思うけど」

けして長島を疑う意図ではなかったのだろうが、長島は心外そうな顔をして言い返した。

「普通？　普通て言うなら、そもそも生首がある時点で普通やないやろ。社長の顔は鼻が折れてたうえに土と血で汚れてて、見るに堪えんもんやった。蛭川の奴が言ってた抜け首みたいに、高いとこ飛んでて落ちてきたみたいやったんや。けどそんな妖怪話、ええ大人が信じるわけにいかんやろ。酒蔵に首があるなんて、このおれが一番信じられんかったんや。警察呼んで騒ぎなる前に、自分の目で社長を確認してからやと思うんがそんなおかしいか」

長島の言い分ももっともである。早川だって、いきなり生首など見ようものなら、まず我が目を疑うに決まっている。

「まあ、たしかに。わたしだって冷静ではいられないと思う」

「そやろ。まだ暗い酒蔵の中で、さらし首みたいに置かれた生首を見たんや。ああなるのも無理は、――」

そこで長島は慌てて口をつぐんだ。

「ま、まあそういうわけで、おれも首を確認したけど、もしかしたら作りもんやないかとか、まだ信じられん思いがあったんや。そやから社長の安否を確認するために屋敷に行ったってわけや。そのあとのことは藤子ちゃんもよお知ってるやろ」

ほんじゃあおれらは仕事があるで、と長島が言い、二人は逃げるように作業に戻った。藤子は二人の背中を無言で見送っている。

「蔵之介さんの首は、本当に高いとこから落下したみたいだね」

「ええ、鼻を骨折するほどとなると、出荷台から転がり落ちたとか、そんな程度ではないと思います。もっと高いところ、それこそ空を飛んでいるような……」

早川は自分がとんでもないことを言っているのに気づき、口に手を当てた。藤子はそれを否定することなく、黙って農作業の光景を見つめている。きびきび働く職人たちは逞しく、甲羅にしっかり身の詰まった蟹のような体つきをしていた。

五月も下旬となっており、周辺の田んぼで田植えをしている農家はまったくなかった。加賀屋酒造では『間歩錦』だけでなく『五百万石』も自家栽培しているが、こちらは四月中には田植えを済ませてある。かつて加賀屋酒造では『五百万石』のみを栽培していたが、『間歩錦』による醸造に成功してからというもの、和成は徐々に『間歩錦』の割合を増やしていた。

近年は農地所有適格法人の権利や認定農業者の資格を取得し、自らも農作業に出向いているほどである。「秋冬は蔵人で春夏は農家やな」と長島が以前笑っていたが、和成は冬の酒造期でさえ農作業を怠らなかった。

「ところで、あれはなに?」

藤子は、一生吹山の斜面に設けられた小さな祠を見つけていた。祠には小さな地蔵が据えられているものの、花や食べ物が供えられているところは見たことがない。そもそも、早川は祠をあまり気にかけていなかった。このあたりでは、道の辻々や川などに、祠や地蔵が設けられているのはめずらしくないからだ。

「わたくしが加賀屋酒造に来たころからあるのですが、誰が管理しているかはわかりません。飢饉や災害で亡くなった農民たちを供養するためにあると、蔵之介様から聞いた記憶がございます」

「ふーん」

しばらくすると、遠くから人が近づいてくる気配がした。和成である。農作業用の恰好に着替えており、これから自身も田に下りるようだった。

和成は自ら苗床作りから田植え、収穫、草刈りにいたるまでなんでもやっている。学生時代にレスリング部で鍛えたとあって、職人たちと遜色ないほど逞しい体軀をしていた。長島は同じ高校の出身で、レスリング部の先輩でもある。三重県は女子レスリングでオリンピック三連覇を果たした選手を輩出するなど、レスリングの盛んな地域だった。

「藤子さんは米作りにも興味があんのかな？」

「うん！　米作りって農家のじいちゃんばあちゃんがやるもんだと思ってたから、酒蔵の職人さんがやってるのを見てイメージが変ったよ」

「それは嬉しいな。若い人が農業に興味を持ってくれんのはありがたいことや」

和成はさっそく田面に立ち、長島たちのもとへ向かおうとした。しかし藤子がそれを引きとめ、田植えに関する質問を投げかける。

「ねえ、向こうの田んぼでは先月田植えを済ませてるのに、なんで『間歩錦』は五月に田植えをするの？」

酒米に興味を持ってもらえたのがよほど嬉しかったのか、和成は田んぼに突き刺さったような姿で振り返り、丁寧に説明を行った。

「もともと、江戸時代までは六月ごろに田植えを始めて、稲の収穫は十月下旬や十一月やったと言われとるんや。現代になって田植えの時期が四月に早まったんは、秋の収穫を早めて別の農作物を作りたいという農家の事情が影響しとる。でも加賀屋酒造では稲作以外はしてないからね。周囲の農家のスケジュールに合わせる必要はないんや」

和成はそう説明したが、本当の理由は別にあることを早川は知っていた。

小さな農家ではコンバインなどの農機を自分の資金だけでは購入できず、共同で出資し、利用している。利用の優先権は長いつき合いの中で醸成されるため、参入したばかりの新参者は最後にしか回ってこない。和成がまだ若いため、軽んじられていることもあるのだろう。

　そのため、収穫時期が重なると、農機を使いたくても他の農家が使っており、借りられないということがあった。本当は田植えの時期ではなく、収穫時期をずらしたかったというのが本音なのだと早川は睨んでいる。もっとも、和成はそのような愚痴をけしてこぼさないため、彼女も気づかないふりをしていた。

「ねえ、さっき相川さんが、和成さんは次々と新しい酒造りに挑戦してるって言ってたけど、『間歩錦』の復刻以外にもなにかやってたの？」

「ああ、色々試したよ。たとえば米。精米歩合をあえて八十パーセントまで落として、雑味を持たせた低精白米酒（ていせいはく）を造ってみたことがある。蒸米じゃなくて普通の米と同じように炊飯器で炊いたこともあるし、製麹では、本来は焼酎に使う白麹や黒麹を使ったっけな。仕込みの際は、アルコール濃度をあえて抑えた低アルコール版や、『伊勢ノ伊吹』を泡酒（あわざけ）にしたこともあった。他にも数えきれんくらい、とにかく色んなことを試してきた」

「なるほどなるほど、言ってることの半分もわかんなかったけど、色々取り組んだことはわかった。よくそんなにあれこれ思いついたね！」

　藤子はお世辞抜きで感嘆の声を漏らした。実際のところ、早川や他の職人たちも、和成の熱心な姿勢には半ば驚き、半ば呆れていたくらいである。

「そんだけうちも追い込まれとったって言えるな。酒造りは伝統的な手法で行われるけど、一方で現代人の食生活はずうっと前から欧米化が進んで、近年はさらに多様化してきた。味覚や嗜好（しこう）は急激に変化したのに、酒造りだけいつまでも伝統にしがみついとったらあかんのや」

「まあたしかに、伝統って言えば聞こえはいいけど、漫然とただ昔の手法を踏襲してるだけじゃ、時代から取り残されちゃうよね。うちの家系もからくり人形師だったから、伝統と革新の間で揺れる気持ちはわからんでもないよ」

　藤子は遠い目をしてしみじみとうなずいた。その悩みは和成と藤子にこそ共通するものの、早川などには立ち入ることのできないものだった。

「そうか。藤子さんもからくり人形師の家系で、早くにご両親を亡くされとったな。お互い苦労して育ったもんや」

「お互いってことは、和成さんも小さいころから苦労してたの？」

「ああ、ごめんごめん。きみに比べたらたいしたことないよ。ただ家が裕福やなかったってだけや。ご両親を亡くされたきみと比べるのはあまりに失礼やったな」

「まあうちはお金だけはあったけどね。遺産に加えて保険金も。……それをわたしが食いつぶしてるわけだけど」

「金はあるに越したことないよ。貧乏なんてありきたりな話やけど、その分、大概の不幸の根っこになっとる。大学行けへん、旅行もできへん、外食できへん、服だっていつもおんなじようなセール品、ランドセルや教科書、制服までよそからのおさがりやった。爪に火を点すような生活や。なんでうちは貧乏なんやって、いつもそんなこと考えとった」

　つらい過去を語る和成は、しかしなぜか晴れやかな表情だった。これまで苦労を重ねた分、いまの生活には満足しているためだろう。加賀屋酒造に婿入りし、蔵人たちと協力して自耕酒造に取り組む日々に、やりがいを感じているようだった。

「和成さんも色々苦労してきたんだね。じゃあ和成さんが加賀屋酒造に入ったのも、早川さんたちと同じように奨学金の支援が目当てだったの？　それで優秀な職人が集まるならWin-Winでいい関係だよね」

「いや、ぼくはその手には乗らんかった。ぼくが加賀屋酒造に来たんは、やっぱり義父の取り組みに共感したからやなあ。酒造りだけじゃなくて米作りまで、醸造と栽培の両方に取り組む『自耕酒造』っていうのが気に入った。うちも親は兼業農家やったから、農作業には興味あったんや」

「兼業農家って、農業しながら会社員とかもしてたってこと？」

「このあたりでは割と普通やけどな。長島さんや他の蔵人も同じや。農家というより家庭菜園に近いとこもあるやろうけど。貧乏してる分、米や野菜なんかは自給自足したり、ちょっと市場に並べて生活の足しにしたりしとる」

とはいえ、近年は耕作放棄される田畑も目立っていた。荒れ地となった田畑にはソーラーパネルがずらりと並び、太陽光発電に利用されている。整然と並ぶ無機質なパネルが日差しを乱暴に照り返し、のどかな田舎に異様な光景を浮かびあがらせていた。

早川はなんとなく、その手には乗らんかった、という和成の言葉が気になった。

「話がそれてしまったな。醸造過程で色々試してたけど、それに加えて酒米も別の品種を試そうと思ったんや。当時栽培してたんは『五百万石』だけやったんやけど、調べるうちにこの地域では、江戸の終わりごろに『間歩錦』という品種が作られていたことを知ってな」

「江戸時代！　そんな古い時代の稲でも復活させられるんだね。人間だったらとっくにミイラになってるレベルじゃん」

「近隣の古い農家で『間歩錦』の種籾を保存しているという情報があって、分けてもらったんや。あんまりにも古い種籾やから期待はしてなかったけど、なんとか発芽して育ってくれた」

　早川は初めて『間歩錦』を見たときの衝撃をいまも覚えている。かつては食用米だったそうだが、米の中心にある心白の部分は大きく、きれいな線状をしていたからである。これは麹菌が育ちやすく、発酵がよく進むため醸造に適していることを意味していた。そして精米すると、まるで伊勢志摩(しま)の真珠のように白く輝いていたのである。口に含むと甘みがあり、たんぱく質や脂質が少ないこともわかった。酒を醸すのにうってつけの米だったのだ。

　試験的に醸してみて、『五百万石』に勝るとも劣らない風味に感激したものである。少し口に含んだだけで、ほのかな甘酸っぱさとフルーティーな香りが感じられ、あまりの美味しさに浮きあがるようだった。力強い味わいとは裏腹に舌触りは滑らかで、口中には爽やかな余韻がいつまでも残るのである。

　だが、『間歩錦』で日本酒を醸し、商品として流通させるには大きな問題があった。『間歩錦』は病気に弱かったのである。わずかなカビや細菌でも発芽率が低下してしまい、うまく発芽にこぎつけても、いもち病や籾枯れ病が発症する確率が高いという難点を抱えていた。

　人間に『三つ子の魂百まで』という諺(ことわざ)があるように、苗にも『苗半作(なえはんさく)』という格言がある。苗の仕上がりが稲の出来の半分を左右するという意味だ。しかも『間歩錦』に関して言えば、苗の出来具合が稲の生涯を丸ごと左右するありさまだった。

　この欠点を克服するには、種籾を農薬で消毒する必要がある。ところが、『間歩錦』の種籾は農薬を使うと途端に弱り、発芽しなくなってしまった。液状の農薬にひたす浸漬処理だけでなく、粉末の農薬をふりかける粉衣処理や、霧状の農薬による吹付処理のいずれも失敗だった。しかし和成は、早川には想像もしない方法でこの問題を克服してみせたのである。

「想像もしない方法？」

　早川が当時のことを説明したところ、やはり藤子はそこに食いついてきた。興味を持ってもらえたことが嬉しいのか、和成が説明を引き継ぐ。

「企業秘密ではあるんやけど、農家でもない藤子さんに隠す必要はないし、教えたるわ。知られたところで真似することもできやんし。『間歩錦』の種籾は温泉で消毒しとるんや。すぐそこの健康ランドには、地下千二百メートルから湧き出す温泉があってな、弱アルカリ性で人が飲むこともできるんや。しかも種籾の消毒に適した六十度程度の温度やとわかった。そこで、放出されとる余り湯を使わせてもらったところ、発芽率が大幅に改善されて病気の発症も防げたってわけや」

「農薬には適合できなかったけど、うまく温泉の成分と合ったんだね。たしかに他の農家や酒蔵では真似ができないや」

「けど、蛭川さんはよその農家にも栽培させろって言うんやんなあ。『間歩錦』の特性を知らんから、県内の他の農家でも栽培できると誤解しとる。まあ義父が弱みを見せるようなことを嫌って、『間歩錦』の弱点を隠してたせいでもあるんやけど」

　蛭川の要望は品種を復刻させることの苦労を知らず、手柄だけを横取りするようなものだった。和成の苦労を知っている身として、早川も大いに憤慨したものである。

「江戸時代の品種の復刻かー。なんかロマンがあっていいね！　やっぱりわたしも農作業やってみたいなー」

なにを思ったか、藤子は長靴を脱いで裸足(はだし)になると、いきなり田んぼに入ろうとした。突然路上に駆け出した子どもを引きとめるかのように、早川が慌てて藤子の手を摑む。

「今日は突然でございますし、体験会の時期でもございませんから、また日をあらためてというのは……」

「いや、構わんよ」

やんわりと断る早川に対し、和成は構わないと言った。

「せっかく酒米の栽培に興味持ってくれたんや。草の根活動じゃないけど、こうして若い世代の人に酒米や醸造に関心を持ってもらうことが、広い意味で日本酒を知ってもらうことにも繫がるんやから。そうやな、もうすぐ正午やで、そのあと農作業を手伝ってもらえるかな？」

和成の提案に藤子は喜んで飛びついた。

「あの、恐れ入りますがわたくしはお屋敷に戻る時間でございます。藤子さんをご自宅までお送りしようと思っておりましたが、いかがいたしましょうか」

「あ、そっか。どうしようね。和成さん、農作業って普段は何時くらいまでやってるの？」

藤子が和成にたずねる。

「だいたい午後五時くらいかな」

「じゃあそれくらいに迎えにきてほしいなー。お願い、この通り！」

藤子は拝むように両の手を合わせた。どうやら夕方まで本気で農作業をやるようである。

そこまで頼まれれば断るわけにもいかず、早川は二人に一礼して屋敷へと戻ることになった。

加賀屋酒造に来たばかりのころは、酒蔵で事務仕事や出荷の仕事を担当し、醸造期は蒸米や一部の蔵仕事を手伝っていたが、二十余年の間に出荷量は少なくなり、春から夏の蔵仕事は蔵人だけで行うようになった。一方、蔵之介の妻が亡くなり、早川が屋敷のことを手伝うようになったことから、徐々に早川は加賀屋酒造というより加賀屋家に仕えるようになった。それは早川にとって僥倖（ぎょうこう）だった。歩美や雅に尽くし、その美に奉仕することは、早川の生きがいだからである。

早川は急いで昼食の支度をし、茶の間に歩美と雅の分を並べてラップをかけておいた。昼食のあとは少し休憩し、後片づけをしたあと、屋敷の掃除を行う。夕方に藤子を自宅へ送るため、先に夕食の下ごしらえを済ませておく必要があった。

買い物に行き、夕食の準備を終わらせると、すでに時刻は午後五時になろうとしていた。もう田んぼから酒蔵に戻る時間のため、早川は慌てて蔵の方に向かった。

蔵ではちょうど皆が戻ったところで、農機や農具の片づけをしている。

「お疲れさまでございます。農作業はいかがでございましたか」

「楽しかったよ。カエルも三匹つかまえた」

藤子は爪の間に挟まった泥を落としながら、満足げな笑みを見せていた。長島たちは蛇口から勢いよく水を出し、そこに頭を突っ込んで汗と泥を流している。早川はふと、和成の姿だけ見えないことに気づいた。

「和成くんなら、ちょっと前にお得意さんとこに出かけたぞ。事件のせいで色んなところに頭下げて回ってるわ」

びしょびしょになった長島が、頭を振って水滴を飛び散らせながら答えた。

藤子はまだ遊び足りないのか、直売所の酒瓶をあれこれ見たり、井戸の中を覗き込んだりとせわしなく動き回っている。早川が促すと、渋々車に乗り込んだ。

早川は鵜の森に向けて車を走らせながら、なんとなくさみしい思いを抱えていた。藤子は事件捜査に関心を寄せているが、もとはと言えば人形修理を依頼しただけの関係である。そして『現身』は無事に修理され、今日納品が終わった。道理で言えば藤子との関係はここまでである。

せめて最後に食事でも、と早川が口を開きかけたところ、

「ちょっと寄り道してもらってもいい？」

藤子の方からそう提案してきた。なんとなく、それは想（おも）いが通じたような気分だったが、次に藤子が口にした行き先は、早川のまったく予想もしていないところだった。

「蛭川酒造もたしか市内にあるんだよね？」

「八郷（やさと）地区の、黄金町（こがねちょう）でございます」

「蔵之介さんが殺された夜、蛭川のおっちゃんは縁側で眠りこけてたって言うけど、そのときになにか目撃してないかと思ってさ。よかったら蛭川酒造に寄ってくれないかな？」

「ええ、それは構いませんが……」

早川は湯の山街道を北に曲がり、八郷方面へとハンドルを切った。四日市市は二十四の地区と三つの町に分かれており、八郷地区は北部にあって、三重（みえ）郡朝日町との境に位置している。八つの小さな村が合併してできたことが、八郷という地名の由来である。蛭川酒造のそばには朝明川（あさけがわ）が流れていて、鈴鹿山（すずかさん）系の伏流水に恵まれた蔵だと記憶している。

午後五時半をまわり、あたりは少しずつ暗くなり始めている。バルブやシャフトを製造する工場群

を抜け、住宅街との境界に蛭川酒造はあった。

工場ばかりが続く街並みは人気がなく、道路や塀、建物にいたるまでくすんだ錫のような色をしていて、まるで灰が積もっているようだと早川は思った。工場街というのはどうしたって生活感がないため、市街地を歩いていれば嫌でも目につく広告や看板も皆無である。うら寂しい街並みはどこか蕭然として見え、軍手が片方だけ落ちていたりするのも侘しく思えてならなかった。

ところが、蛭川酒造が近づいてくると町の様子は一変していた。人だかりができており、その一画だけがほのかに赤く染まっている。それがパトカーの赤色灯であることは、残念ながら早川にはすぐにわかってしまった。

車をとめ、人込みを縫って近づくと、蔵の入口に規制線が張られていた。そして、刑事や鑑識課員がなにやら捜査をしていたのである。

「ねえ、なにがあったの？」

藤子が周囲の野次馬にたずねる。

「この酒造の社長が死んでもうたんやて」

その返事を聞いても、藤子はほとんど動じなかった。なにが起きたかすでに察していたのだろう。なにせつい十日ほど前、屋敷で見た光景と瓜二つなのだから。

「気の毒にな、井戸に落っこちたらしいわ」

「井戸に？」

「ああそうよ。酒呑みやったらしいから、酔って落ちたんかもしれんな」

井戸に落ちたとは、蛭川ならさもありなんという話だが、しかし昼には元気そうに電話をしていたのである。それがすでに亡くなっているとは信じがたい気分だった。

蛭川酒造は加賀屋酒造より規模が小さく、年間の生産量は三百石、およそ五十四キロリットルほどである。蔵は自宅に併設されていて、酒の直売所も家の一室を改装したものとなっていた。

事務所は蔵から少し離れたところに設けられたプレハブ小屋で、その事務所と蔵の中間あたりに、よく刑事ドラマで見るような数字の書かれたプレートがいくつも置かれていた。掘り抜きの井戸があるらしく、鑑識課員たちがそのあたりを重点的に調べている。

「あれ、グッチじゃん。コムもいるよ」

藤子が指さした先には、たしかに猪口と小紫がいた。小紫は県警刑事部の所属だが、猪口は四日市桜警察署の所属である。八郷地区は四日市八郷(はちごう)警察署の管轄のため、この現場にいるのは不自然だった。

二人は事務所を出ると、販売所の脇にある玄関から蛭川の自宅に入っていった。

藤子は規制線ぎりぎりまで近寄り、食い入るように現場を見ている。見張りをしている警官が、ものめずらしげに藤子を眺めていた。

鑑識課員はプレハブ小屋周辺の地面や敷地内をあちこち調べていた。靴跡を採取したり粉のようなものをまぶしたり、化石を発掘している学芸員のようにも見える。

遺体は搬送されたらしく、十分、二十分と経つうちに野次馬も散っていった。夜の闇が濃くなるにつれ、赤色灯の赤も強まっていくように感じられる。付近が工場のためか、通行人はまったくおらず、車も通らなかった。

藤子さん、と早川は声をかけた。

「こうしていても詮ないことでございます。蛭川さんが亡くなられた以上、事件についてお話を聞くことはできません。今日のところは諦めて引き揚げませんか」

しかし藤子は動こうとしなかった。刑事たちの一挙一動も見逃さないと言わんばかりに、じっとプレハブ小屋の方を見つめている。

「グッチがいたってことは、四日市桜警察署から応援に寄越されたってことだよ。でも自分の管内の事件が未解決なのに、よその管轄に出張るなんてありえないよね。たぶん蔵之介さんの事件と関連があるから呼ばれたんだ」

藤子はなかば決めつけるようにそう言うと、「なんとかして二人から話が聞けないかな」とつぶやいた。

「さすがにそれは無理かと……。いえ、そもそも警察だってまだなにもわかっていないのではないでしょうか」

早川はそう言って暗に諦めるよう促したのだが、それでも藤子は動こうとしなかった。

さらに二十分ほどしたころ、販売所が併設された住居からひとりの男が出てきた。痩身で背の高いその人物は、蛭川酒造の桂木だった。ずっと蛭川の自宅か販売所の中で事情聴取をされていたらしく、一服するためにタバコをくわえようとしていた。

「なんて名前だっけ、あの顔に特徴がない万引きGメンみたいな人。蛭川のおっちゃんの部下だよね？」

「桂木様でございます」

早川が答えるとなにを思ったか藤子は大きく手を振り、「桂木さーん！」と呼びかけたのだった。

ぎょっとしたように顔をあげた桂木は、藤子を見てもきょとんとしていた。しかし背後にいた早川に気づくと、怪訝な面持ちながら会釈を返した。もともと顔色の悪い男だが、やはり警察に話を聞かれたためか、随分と疲れた様子である。

桂木はタバコをくわえたまま、頼りない足取りでこちらに寄ってきた。そして口を開こうとしたとき、ようやく自身がタバコをくわえたままだと気づき、箱に戻すのだった。

「あー、加賀屋酒造のお手伝いさんやなあ」

「早川でございます。このたびはなんと申しあげたらよいか……」

「どうしてウチに来たんや？」

桂木は藤子と早川が一緒になって酒蔵に来ていたため、随分と驚いた様子だった。

「久しぶり。わたしのこと覚えてる？」

「人形修理の子やろ。なんでここおるんや」

「事件について蛭川のおっちゃんに聞いてみたいことがあって。おっちゃん、井戸に落ちたの？」

藤子がたずねると、桂木は表情をいっそう曇らせた。

「ああ、そうや。外回りから戻ったら姿が見えんくて、携帯鳴らしたら井戸の方から音が聞こえてな」

桂木の声は表情と同じように暗く沈んでいて、まるで夏の夜に怪談でも話しているかのような声音である。早川は、井戸の底から携帯電話の着信音が響く様子を思い浮かべてぞっとした。ところがこのホラーじみた想像は誤りだとすぐにわかった。

「携帯は上着のポケットに入った状態で、井戸の脇に落ちてたんや。そんでまあ覗き込んだら社長が沈んでたってわけや」

「蛭川のおっちゃん、酔っぱらって自分で落っこちたの？」

「おれも最初はそう思ってたけどな、さっき消防が引き揚げたあと、警察がなんやあれこれ言い始めよって。さっきまではご愁傷様ですとか神妙な顔で言ってた連中が、急に目つき悪なって、朝からいままでどこでなにしてたか、しつこく訊くようになったんや。加賀屋酒造のあんときみたいにな。そしたらもう、だいたいわかるやろ」

「殺人の可能性があるから、アリバイを確認したんだね」

「社長以外には従業員なんておれしかおらん小さい酒蔵やし、第一発見者やからな。おまえがやったんと違うかって、あいつらの顔に書いてあったわ」

そのとき早川は、蛭川が昼前に和成とビデオ通話で打ち合わせをしていたことを思い出していた。

「蛭川さんは、間違いなくお昼ごろまではお元気でした。こちらの蔵からビデオ通話で和成様と話をされていて、わたくしも少しだけお話をしております。桂木さんは、最後に蛭川さんと会われたのはいつだったのですか？」

「昨日や。酒造期以外は蔵仕事なんてないから、おれは基本的に外回りで、出荷業務や販売所での接客は社長がやってたんよ。刑事には朝から午後二時までのアリバイを聞かれたわ。死亡推定時刻がそのあたりなんやろう」

死亡推定時刻という言葉が普通に出てくるあたりに、桂木の置かれた異常な立場がうかがえた。わずか二週間の間に、この男は二件の殺人事件の事情聴取を受けているのだ。

刑事は午前十時から午後二時までのアリバイを確認したようだったが、早川は昼前に蛭川と電話で会話している。ビデオ通話でも蛭川の姿を目撃していた。あれは間違いなく蛭川本人だったし、録音した音声や映像を流しているといった細工の余地もなかった。つまり蛭川が殺害されたのは概ね正午から午後二時ということになる。藤子が和成や蔵人たちと農作業をしていた時間だ。少なくとも、藤子や加賀谷酒造の面々が怪しまれる心配はないだろう。

早川はあらぬ疑いをかけられることはないと思い、密かに安心した。

そのとき、蔵の方から聞き覚えのある野太い声が聞こえてきた。猪口の声だ。

「桂木さーん、あれ？」

桂木を呼びに来た猪口は、藤子と早川を見て目を丸くした。

「なんでこの二人がいんのさ」

「蛭川さんと話したいと思って来てみたらこれだよ」

「藤子ちゃんを疑うつもりはないけどやな、ちょっと間が悪過ぎるわ。本当に偶然寄っただけか？」

疑うつもりはないと言いつつ、猪口はうさんくさそうな目で藤子と早川を見つめた。

「ねえ、そんなことよりさ、グッチがいるってことは、蛭川さんの死が加賀屋酒造の事件と関係あるってことだよね？」

「おいおい、久しぶりに会って最初の話題がそれかよ。なんで素人探偵みたいなことをやりたがるかなあ。蛭川氏のことはきみにゃあ関係ないのよ。桂木さん、すまんですがもっかい話を聞かせてもらえますかね」

するとと藤子は、なにを思ったか急に規制線をくぐると、猪口の腕に飛びついた。

「蛭川のおっちゃんだけど、今日の昼前に和成さんとビデオ通話で打ち合わせしてたんだ。早川さんとわたしも一緒に見たよ。どう、けっこう大事な証言でしょ」

「蛭川氏が加賀屋酒造の和成さんと？　何時くらいの話？」

「たぶん十一時くらいだったと思う。そのあといつまで打ち合わせしてたのかはわからないけど、昼前には和成さんが田んぼに来たから、長くても三十分ってとこじゃないかな」

猪口は先日と同じように、もみあげを指先でつまんでよじったり丸めたりしながら藤子の話を聞いていた。そのまましばらく考えたあと、ふいに藤子と早川のアリバイも確認した。

「念のためやけど、二人は今日の午前十時から午後二時までどこでなにやってたの」

「十時くらいに早川さんに迎えに来てもらってから、加賀屋家のお屋敷に人形返して、酒蔵見学と農作業やってたよ。わたしはずっと早川さんか蔵の職人さんたちと一緒にいたから、アリバイは完璧だと思う」

藤子がなぜか猪口を挑発するような言い方でそう答えた。早川は昼から夕方まで藤子と別に行動していたが、買い物で外出した以外は加賀屋家の屋敷にいたことを伝えた。

猪口はゆっくりと首を動かして、うなずくというより頭全体を揺すったあと、

「ありがとね。詳しいことは和成さんに聞いてみるわ。じゃ、もう遅い時間だからお家に帰んな」

と言って藤子を規制線の外に出そうとした。

「えー待ってよ！　蛭川のおっちゃんの死亡推定時刻が少しは狭められたんじゃないの。情報提供したんだから代わりになにか教えてよー」

「なんできみに事件のことを教えなきゃいかんのさ」

「ギブアンドテイクだよ」

「じゃあこの飴ちゃん食べな」

「もちろんいらない」

「おれにできるギブはそれで精一杯や。刑事の真似したって一銭にもならんのやからやめときな。はいお疲れさん」

　猪口が近くにいた警官に目配せすると、藤子を任せて自身は桂木と酒蔵に戻ろうとした。

「なあ藤子ちゃん、おれはきみにはもっと楽しい人生を歩んでもらいたいのよ。昔つらいことあったろ？　こんな刑事の真似事より、年ごろの女の子みたいに暮らしなよ」

　猪口が蔵の方に向かって歩き、桂木もそれに続こうとする。ところがなにを思ったか、桂木は急に振り返ると、早川に向かってこんなことを言った。

「蛭川酒造はもう終わりや。社長が死んで、めでたく廃業や。和成さんにおれを雇うよう掛け合ってくれんか？　杜氏が殺されたもん同士、仲よくしたってくださいって。よしなに頼むわ」

　早川は唖然としながら桂木の背中を見送った。そのひょろりとした体格や、青白い顔、自信なげに話す様子などから、早川は桂木が気の小さい謙虚な性格だと勝手に思っていた。少なくとも、蛭川が亡くなってすぐ、和成に渡りをつけるよう依頼するほど非常識な男だとは思いもしなかった。

　だが、考えてみれば仕方がないことかもしれない。蔵人とは従来不安定な仕事で、景気の低迷する昨今はさらに厳しい経済状況に置かれている。桂木としてもなりふり構っていられないのだろう。

「もういい、帰ろ！」

　藤子は投げやりな調子でそう言ったが、車に乗り込んだ途端、急に静かになって今度はなにやら思案顔でぶつぶつ言い始めた。

早川は藤子の思考の邪魔にならぬよう、無言で車を出した。蛭川酒造にとめられていたパトカーは、遅い時間のためか、赤色灯を消していた。

「人形堂に帰ったら、これまでのことを整理して色々考えてみるよ」

藤子は正面を向いたまま静かに切り出した。夜の闇を透かし、フロントガラス越しに一瞬だけ藤子と視線が交差する。普段はおちゃらけている分、まじめな態度を取られると別人のような雰囲気になった。

「蛭川のおっちゃんについてはまだなんにもわかんないけど、蔵之介さんの事件は、だいたいわかってきてるんだ。三日もあれば考えはまとまりそうだから、そのときになったら早川さんにも包み隠さず話してあげるよ」

藤子の発言を聞いて、早川は驚いたというより不思議な気分だった。本日あれこれと素人捜査をしたが、早川には事件のからくりなど皆目見当もついていなかったからである。

藤子はこちらに向き直り、怪訝そうにする早川に対し、「だからさ」と言葉を継いだ。そして発した次のひとことは、早川の心臓を凍りつかせるものであった。

「早川さんも隠し事はなしにしよう。あるよね、わたしに隠してることが。それを素直に打ち明けてほしいの」

最終章

蛭川の訃報は、早川が報告するよりも早く、警察から加賀谷酒造の面々に知らされた。驚いたことに、藤子を送って屋敷に戻ると、すでに刑事が来て早川の証言の裏取りをしていたのである。蛭川が最後に目撃された時間だけでなく、和成や他の蔵人、それに早川や藤子のアリバイまで確認をしていたようだった。

翌朝のニュースでは事件・事故の両面で捜査中と報道されていたが、実際にはすでに他殺と決めつけているような捜査だと早川は思った。

事件から三日後、彼女は夕食の準備を済ませると、藤子を迎えにあがった。なぜか藤子は午後六時を指定したため、すでにあたりは薄暗くなっている。

「ごめんください」

人形堂に入ると、藤子が茣蓙の上で人形をいじっているところだった。これもからくり人形なのだろう。仁王立ちするように堂々と直立した姿勢である。左手に大きな弓を構え、右手は矢をつがえようと矢筒に手を伸ばしている。本来であれば甲冑に身を包んでいるのだろうが、いまは藤子によって取り外され、内部構造が露になっていた。

「あ、お迎えありがとね」

藤子は早川の方を一瞬振り向いたが、すぐに人形の方に向き直った。

「修理をなさっているのですか」

「人形が泣いてる気がしてね、触れてみたらうまく動かなくなってたの。だからちょっと直してあげてるってわけ」

人形が泣いてる、と藤子は自然に口にした。早川はそれを専門的な表現かと思ったのだが、どうやらそうではなく、藤子は感覚的に人形の状態を察しているようだった。

「この人形は、弓を射ったあと、矢を離した手が誘導板に沿って自重で滑り落ちるんだ。そうして元の位置に戻るんだけど、昨日やってみたらうまく戻らなかったの。だから一射目のあと、二の矢をうまくつがえられなかった」

「あまりお人形には明るくないのですが、そちらは弓曳童子でございますか」

藤子はゆっくりと首を振り、人形の頭に指を乗せる。

「この子は八代目が製作した、弓曳鎧武者。一般的な弓曳童子は座った姿勢だけど、この子は立ってるでしょ。座り姿勢なら制御糸を体からほぼ直線に機構枠内の腕木に通せるけど、鎧武者の姿勢では可動部から伸びる十一本の制御糸を工夫して、絡まるのを防がなきゃいけないの。経年劣化や湿度なんかの関係で胴や糸同士にこすれが生じると、今回みたいにうまく動かなくなったりするから大変なんだ」

藤子は人形の載せられた台の内部を指で示しながら説明してくれた。しかし早川はそれを見ても全然わからず、ただ曖昧に返事をするだけなのだった。

「糸滑り輪の位置を右に三ミリずらして、補助棒をひとつ追加してやることでこすれを解消してやったから、腕の動きが滑らかになったよ。って言っても、そこから調整でさらに二時間かかったけどね」

藤子が人形に甲冑を着せて修理を終えると、早川は藤子を車に乗せて出発した。

道中、藤子はいつもと寸分変わらぬ態度だった。一方、早川はいつになく緊張していた。三日前、藤子は蔵之介の事件について、あらかたわかっていると言ったのだ。この三日でなにを調べたのか、そして事件の真相はどんなものだったのか、早川はすぐにでも聞きたかった。

「さーて、なにから話そっかな」

「藤子さんは、蔵之介様の殺害犯について目星がついているようなことをおっしゃっておりましたが、わたくしには見当もつきません。蔵之介様の部屋には血痕がございましたが、生きたまま、あるいは亡くなられた直後に切断されたにしては少なすぎるように思えます。つまり犯人は一度蔵之介様を殺害した後、時間を置いてから切断したのです。確かにあの夜はみなさまが自由に立ち歩いておりましたから、難しいことはよくわかりませんが、アリバイというのは誰も成立しないのかもしれません。みなさま十分、十五分くらい席を離れることは度々ございましたからね。ですが、いったい誰が蔵之介様の首を酒蔵まで持ち運べたというのでしょう」

早川はそう言いながら自分の頭の中を整理した。

先ほど藤子に行った通り、犯人は蔵之介の殺害後、時間を置いて首を切断したはずなのだ。事件の直後の事情聴取で、猪口は午後九時から翌午前零時までのアリバイを確認していた。死後、どの程度の時間で出血が収まるのかはわかりかねたが、午後九時以降に蔵之介を殺害し、時間を置いて首を切断の上、車などに積み込んで持ち運ぶという芸当は到底不可能なように思えた。

そもそも、屋敷から人の頭を持ち出している現場を誰かに目撃されたら、その瞬間にすべてが台無しである。それは以前藤子が自ら口にしていたことでもあった。つまり、あの夜屋敷から帰った面々にこの一連の犯行はできないはずなのだ。

一方、屋敷に残った早川たちにもやはり不可能である。屋敷のある一生吹山から酒蔵までは直線距離で七百メートル程度だが、酒蔵までたどり着くには当然山を下りなければならない。だが、下山するには山の南北にかかる北道か南道のどちらかを通らねばならないのだ。防犯カメラでしっかり監視された道である。カメラを避けるように山中を歩くことなら可能かもしれないが、そんな痕跡がなかったことは警察の捜査からもあきらかである。舗装された北道と南道以外から山の斜面を下りるなど、空を飛ぶのと同じくらい不可能と言わねばならない。

改めて考えれば考えるほど、不可解な事件であった。

「ところがそうでもないんだよ。確かに単独犯なら難しいかもしれないけど、殺人犯に共犯者がいたのなら、誰にも疑われず首を蔵に持ち込むことが可能になるんだ」

早川は思わず運転を誤りそうになった。共犯などということは考えもしなかったが、たとえ共犯がいたとしても、あのような犯行ができるとは思えなかったからだ。

「アリバイの観点で言うなら、ひとりだけまったくアリバイがない人がいるでしょ？　雅ちゃんを世話するために先に中座した、歩美さんだよ。あの人なら、雅ちゃんを寝かしつけたあと、堂々と犯行に及ぶことができる」

「まさか！　歩美様にあのような凶行ができるはずありません」

「高齢の蔵之介さんを殺害することや、細い首を刀で落とすことなら、歩美さんにだって余裕だと思うよ」

「だとしても、どうやって首を蔵に持ち出せたというのですか！」

早川は半ば叫ぶように言いながら、そこではっと息を呑んだ。共犯者が首を持ち出したのであれば、その人物は酒の席で長く離席する必要はない。歩美が切り落とした首を受け取り、車などに積んで隠すだけでよいのだ。

しかし、それはあくまで机上の空論にすぎない。もし首を持ち出すところを見られたら一巻の終わりである。そんな博打のようなことはありえないと早川は思った。

「事件の夜じゃないんだよ。首を持ち出したのは」

早川の考えを見越していたように、藤子はそう答えた。

「警察は遺体発見前夜から、朝になって首が酒蔵で見つかるまでの時間帯を、防犯カメラの映像で確認していたよね。でも順番が入れ替わっていたらどうだろう？　蔵で首が見つかり、屋敷でみんなが蔵之介さんの死体を確認したあと、首が持ち出されたとしたら」

早川は藤子の言っていることがさっぱりわからなかった。蔵で首が発見されたあと、屋敷から首が持ち出された？　まったく支離滅裂で矛盾だらけではないか。それでは蔵之介の首が二つあることになってしまう。

「朝、遺体が発見されたあとに一生吹山の道を堂々と車が走ってるよね。でも警察はそのときに首が持ち運ばれていた可能性をまったく疑っていない。すでに蔵で首が発見されたあとだから」

そこまで聞いても、早川は藤子の言わんとすることが理解できなかった。

「つまりね、首は二つあったんだよ。昨年末から、蔵之介さんの首が夜空を舞っているという噂が広がっていたよね。それは妖怪じゃなくて悪質ないたずらだった。誰かが3Dプリンターかなにかで作った蔵之介さんの頭を、なんらかの方法で飛ばしていたんだよ。たとえばマイクロドローンなんかを使ってね」

首が二つあった！　早川にはただその言葉が衝撃的過ぎて、頭の中が真っ白になってしまった。藤子は夜の街並みを眺めながら、まるで窓ガラスに映る自分と対話するかのように話を続けた。

「犯人がなんでそんなことをしていたかは知らない。でもこの仮説を前提にすれば、アリバイが崩れる人がいるよね。出荷台に置かれた首を発見したとき、本当はその偽物の首が置かれていたとしたら？　共犯者は蔵之介さんの安否を確認すると言って屋敷に行ったあと、警察に通報してから蔵に戻ってる。相川さんが心配だったからと言っていたけど、本当はそうじゃない。屋敷に隠してあった首を回収し、蔵に置かれていた偽の首を本物とすり替えるためだったんだ」

あの朝、相川とともに火入れ当番だった職人――。蔵之介の首を発見したあと、怒鳴りながら屋敷に駆け込んできた職人は――、

「長島さんが、共犯者だったということですか？」

「そうであればすべて説明がつくよね」

「ですが、どれだけ精巧にできていたとしても、偽物の首でごまかすことができるでしょうか。たしかにまだ暗い夜明け前であれば、ひと目見ただけでは気づかないかもしれません。しかし長島さんが屋敷に向かっている間、相川さんによくよく確認されたら必ず見破られてしまいます」

「だから相川さんがペアだった日を犯行に選んだんでしょ。他の職人ならともかく、臆病な相川さんなら、首を怖がって、再確認なんてしようとは思わないはずだから」

早川は驚きでなにも言葉にできなかった。たしかに長島は、早川や和成が気絶した歩美を寝室に運んでいる間に、屋敷を離れて蔵に戻ってしまった。あのとき屋敷のどこかに隠していた首を持ち出し、

酒蔵に運んだというのだろうか。あの怜悧な歩美と、豪気で誰からも頼りにされている長島が共謀していたなど、にわかには信じられなかった。

「でも、まだ証拠がない。なにより動機がわからない。だからこれまで誰にも言わなかったんだ。早川さんも、このことは内緒にしておいてね？」

さも好きな人を打ち明けたあと秘密にしてと頼む少女のように、藤子はいたずらっぽくほほえみながらそんなことを言うのだった。本当に事の重大性を認識できているのか、早川は改めて不安になった。

「ところで、蛭川のおっちゃんはなんで和成さんにビデオ通話を持ちかけたんだろう。どんな打ち合わせか知らないけど、普通の電話じゃダメだったのかな」

藤子の言ったことは、早川も少し気になっていたことだった。昨今は急速に普及の進むビデオ通話だが、打ち合わせで必ずしも必要かと聞かれれば、そうとも思えないのである。なにより、蛭川がビデオ通話など申し出たのは、早川が知る限り今回が初めてのことだった。

「桂木さんは、三日前の朝から午後二時ごろにかけてのアリバイを事情聴取で聞かれたと言ってたね。でもおっちゃんは昼前までは間違いなくビデオ通話で話をしてたから、殺されたのはそのあとってことになる」

「少なくとも、蔵之介様の事件の関係者に、蛭川さんを殺害することはできませんよね。加賀屋酒造から蛭川酒造まではどんなに車を飛ばしても往復で五十分はかかります。蛭川さんを殺害する時間も加味すれば一時間は必要です。事件当日のお昼ごろから午後二時までの間、職人さんや和成様はほとんど藤子さんと一緒にいて、一時間どころか三十分すら単独で行動された方はおりませんもの。桂木さんは外回りをされていましたし、歩美様は――」

――歩美様は屋敷におりました。そう言おうとして、早川は言葉を失ってしまった。本当に歩美が屋敷にいたのか、早川は知らないからである。蔵之介の事件以後、歩美は屋敷に引きこもっていた。だが昼食の前後や早川が買い出しに行っている間、本当に歩美が屋敷にいたのか自信が持てないのである。その気になれば、歩美はいくらでも外出できたのではないか。

「けれども歩美様には、お二人を殺害する動機がありません」

「動機がないんじゃなくて、わたしたちが知らないだけなのかもね。それを調べるために、もう一度酒蔵に行きたいんだ。日中は酒蔵に人がいるけど、夜なら人はいないよね？　さあさあレッツゴー！」

まるで遠足にでも行くような陽気さである。どうやら藤子は人目につかないように捜査をしたいようだった。ところが酒蔵に到着すると、藤子の当ては見事に外れていた。事務所に明かりがともり、駐車場には車がとめられていたのだ。事件の日に刑事が乗っていたスカイラインである。

早川が訝しみながら酒蔵に入ると、事務所で和成が猪口、小紫となにか話をしているところだった。和成は小紫が手に持っている紙束をしきりに覗き込んでいる。それらの紙束は透明なビニールに包まれていた。

「あれ、グッチとコムじゃん！　なにしてんの？」

「あ、おまえ！　またなんか嗅ぎ回ってんのか」

藤子に気づいた小紫がうんざりしたような声を出した。

「早川さん、どうかしたんんか、こんな時間に」

和成が早川にたずねたが、早川より先に藤子が答えていた。

「こないだ落とし物しちゃって、早川さんにお願いして捜しに来たんだ！　逆にグッチとコムはなにしに来たの？」

「なんでおまえにそんなこと説明しなきゃいけないんだよ」

いきり立つ小紫を猪口が制した。もはや猪口は諦めたように苦笑している。そんな二人の刑事に代わって和成が答えてくれた。

「ぼくもいま刑事さんから聞かされたんやけど、蛭川さんとこの事務所から、うちの酒蔵の資料が出てきたらしいんや。この刑事さんが持ってる紙がそれやけどな、『間歩錦』の栽培や浸漬、蒸米なんかの資料に、『間歩守』の醸造に関する大事な資料も含まれとる。ぼくらが何年にもわたって試験して得た成果が、盗まれとったんかもしれん」

「加賀屋酒造の資料を、蛭川さんが盗んでいた？」

早川は狐（きつね）につままれた気分で聞いていたが、次に和成が発した言葉は、それ以上に衝撃的なことだった。

「もしかしたら義父の部屋から持ち出されたのかもしれへん。これから刑事さんたちと屋敷に行って、歩美にも確認してもらうわ」

「蔵之介様の部屋からですって？　それは、つまり……」

「蛭川さんが事件に関わってたかもしれんてことや」

和成の言葉に小紫がやや驚いた様子を見せ、行き過ぎをたしなめるかのように注意した。

「和成さん、まだ決まったわけじゃありませんからね。事件現場から持ち去られたものか否か、まずは確認してもらうのが先です。蛭川さんが事件に関係しているかは、そのあとで警察が判断します」

和成は酒蔵の戸締まりを早川に厳命したあと、刑事たちと屋敷へ向かった。早川は、蛭川が『間歩錦』の資料を持っていたと聞き、愕然としていた。しかし考えてみれば、『間歩錦』に執着していた蛭川であれば、密かに盗み出していたと聞かされても不思議ではない。

「もしかして、先ほど藤子さんがおっしゃっていた動機というのも、このあたりに関わってくるのでしょうか」

早川は恐ろしい真実を覗き込もうとするかのように、藤子に質問をした。ところが藤子はそんなことには興味がないとばかりに、なぜか井戸の中を懐中電灯で照らしている。

「井戸なんか覗いて、どうされたのですか」

「うん……。なんかおかしなところがないかなーと思ったんだけど……」

藤子はなおも井戸を覗いていたが、やがて顔をあげ、「なんにもないね」と言った。そして今度は中庭を横切り、出荷台の置かれていたあたりの地面を懐中電灯で照らして注意深くなにかを探すのである。まるでコンタクトレンズでも落としたみたいに、丁寧に隅のあたりまで光を当て、目を凝らしているのだった。そのまま板塀と建物の間を、塀に沿って東に歩いていく。

「あの、なにをお探しなのですか?」

「穴」

「穴?」

早川はつい間抜けな声を出してしまった。藤子の発想はいつも突飛で飛躍しており、早川にはなんのことやらさっぱりわからない。

「ねえ、この酒蔵はいつごろ建てられたの？」

藤子は仕込み蔵を照らしながらそんなことをたずねた。

「昭和初期と聞いております。以前は一生吹山の東、つまり加賀屋酒造の田んぼの近くに建てられておりましたが、増築の必要が出たために場所を移したようでございます」

「一生吹山の東？　なんだ、それを早く言ってよ」

藤子は突然懐中電灯を消し、興味をなくしたように探し物をやめてしまった。そしてさっさと事務所の方に戻ろうとする。

「田んぼに行こう。一生吹山の東の」

「田んぼ？　こんな時間にですか」

すでに午後七時を迎えようとしており、あたりはすっかり暗く沈んでいた。藤子に振り回されることはやぶさかではないが、せめて和成から厳命された施錠確認だけは、と二人は貯蔵庫や仕込み蔵の鍵を確認して回った。さすがに事件のあとは戸締まりも厳重になり、鍵がかかっていないところはなさそうである。

「あら？」

ちょっとした異変に気づいたのは、仕込み蔵から釜場に行こうとしたときだった。どうしたの、と藤子が声をかける。

「櫂棒が一本ございませんね」

仕込み蔵の壁に立てかけてあった櫂棒のうち、鬼櫂がなくなっていたのだ。櫂棒は仕込みのときにしか使わないため、酒造期以外は動かすことなどないはずである。早川は不思議な思いに駆られてあたりを見回したが、やはり鬼櫂は見つからなかった。誰かが移動させたのだろうか。

早川があたりを確認している間、藤子はなぜか和釜（わがま）のバーナーのあたりを丹念に調べていた。

「もしかして、櫂棒が燃やされたとお考えですか？」

さすがにそれはないだろうと思いつつ早川は聞いたが、藤子はそれには答えず、釜の下に指を入れている。

「シリコンだ……」

指先をねちょねちょさせつつ、藤子はそう言った。

「シリコン？」

「シリコンゴムだよ。さあ、細かいことはあとにして、早く田んぼへ行こう！」

戸締まりの確認を終えると、早川は藤子にせかされつつ車を走らせた。

田んぼに到着するや否や、藤子はかつて酒蔵のあった場所を知りたがって早川に案内させようとした。

「前に蔵があったのはどのあたり？」

「詳細な場所は存じておりませんが、おそらくあちらの方かと」

彼女は手でおおまかな方角を指し示したが、すでにあたりには濃い闇が立ち込めており、なにもうかがうことはできなかった。藤子はすでに乾いた畔道をすいすいと歩いてそちらに向かおうとしている。ほとんど田に下りることのない早川は、藤子から渡された懐中電灯を手に、頼りない足取りでついていった。

畔は綺麗に草が刈られ、石も取り除かれているため、足元を照らしながら歩けば転ぶ恐れはなさそうである。冬場に職人たちが畔塗りに励んだおかげである。田んぼの水が染みて漏れないよう、カチカチに固められてあった。日ごろの丁寧な仕事ぶりがうかがえる。

先月から水が張られた『五百万石』の田んぼでは、すでにカエルがいたるところで自由に鳴き交わしている。

しばらく歩いて畔が途切れると、少し地面が盛りあがった台地にたどり着いた。ここは手入れされていない非耕作地帯で、五十メートルほど先からは一生吹山の雑木林が広がっている。藤子は腰の高さほどの台地に両手をつき、身軽そうに登った。

「さあ行くよー。チンタラしてたらひと晩かかっちゃう」

「行くってどこへですか？　この先はもう山でございますよ。先日ご覧いただいたとおり、こんな山の斜面を登るなんてとても無理でございます」

折しも雲間から顔を出した月が周囲を照らし、黒々とそびえる一生吹山を闇の中に浮かびあがらせる。それは山というより黒い塊だった。

何百年、いやそれ以上前から、一生吹山はこの地に鎮座し、あたりを睥睨（へいげい）するようにそびえ立っているのである。この地域の人々が畏怖し、頂上に毘沙門天を勧請したのも自然なことだと思えた。霊験（れいげん）あらたかな山なのだ。早川はふと、加賀屋家の祖先がこの山に屋敷を建てたことは、とんでもなく罰当たりな行為だったのではないかと不安になった。

ざわざわという音が遠くから近づき、一拍遅れて強い風が田面を撫でていく。夜の風は冷たく、カエルがぴたりと鳴きやむのがまた実に不気味だった。

「わたしの推測が正しければ、このあたりの斜面に穴が開いてるはずなんだ。人が入れるような洞穴（ほらあな）

だよ。早川さん、聞いたことある？」

「洞穴でございますか？　いいえ、そのようなもの、見たことも聞いたこともございません」

「まあそうだよね。きっと大昔に塞がれたか、竹や雑草が密生して入口が隠れてるんだ。わたしはこっから南の一帯を探すから、早川さんは北を探してね。あ、長袖だから大丈夫だと思うけど、ムカデや蜂には気をつけてねー」

「ちょっと、待ってください。わたくしにはこんな山の中を捜索することなどできません！」

　早川は懇願するように叫んだ。こんなところにひとりで取り残されてしまったらどうかしてしまいそうである。

「どうしても無理ならそこにいていいよー。わたしひとりで探すから、安心して」

　藤子は遠くから声を張りあげて返事を寄越した。そうして藤子の姿はすっかり闇に覆われ、わずかに見えていた懐中電灯の光も、やがて見えなくなった。

　早川は突き放されたような心持ちになり、呆然としてしまう。

　じっと佇んでいると、羽虫が首筋にまとわりつき、背筋がぞっとした。肘のあたりや膝の裏側に痒(かゆ)みが這い寄ってきて、暑くもないのに脂汗が滲む。駄々をこねた挙げ句、親に放置された子どものような気分で、早川は闇の中にぽつねんと立ち尽くしていた。

　彼女は自分がどうすればよいかわからなかった。このままここで待っていても、藤子の性格ならきっと嫌な顔ひとつしないだろう。そしてこれまでと変わらず、分け隔てなく接してくれるに違いない。

　だがきっと、自分の方が気後れして、藤子と一緒にいることに躊躇いを感じてしまうだろうと思った。彼女はそのようにできているのだ。

バリバリと嫌な音がした。無意識のうちに顔に爪を立てていたらしい。何度も薬を塗って、治して、また掻いて、剝がれて。激しい痒みに見舞われて掻きむしっているときの一種異様な恍惚が、その後は後悔と罪悪感に変わって二重に彼女を襲うのである。これまで早川は両親や歩美から冷たくされ生きてきた。やがて彼女自身もそれが当然だと諦めるようになった。しかし藤子は、そんな自分にも分け隔てなく接してくれた。藤子の力になり、期待に応えることで、これまでと変わらず接していきたい。早川はそう思い、覚悟を決めると、藤子と反対方向に歩き出した。

台地になっている部分はまったく管理されていないため、伸び放題となった雑草がズボンの裾から素肌に当たる。夜露だろうか、草の表面に浮かぶ水滴が足に付着し、なんとも不快だった。

山の斜面は鬱蒼と木々が生い茂り、竹が好き勝手に自生している。さらに楢や椎などの大木が壁のように伸び、それが斜面に立っているため、まるでこちらに倒れてくるような錯覚に陥る。

山に懐中電灯を向け、早川は引きつった声をあげた。椎の木の幹から、黒い液体が幾筋も垂れているのである。まるで血の涙を流しているような、不気味さというより恐怖感を覚える姿だった。周囲に光を当てると、恐ろしいことに他の木々も同じように黒い涙を垂らしているのである。

この山は間違いなく怪奇性を帯びている。霊感などないが、早川は一歩踏み出すだけで震えがとまらなくなった。

大木の幹を伝う液体は、ぬらぬらとした粘り気と多少の流動性を持ちながら、懐中電灯の光を鈍く跳ね返していた。彼女は手が震えないよう両手で持ち手を摑み、ゆっくりと雑木林の奥に光を当てていく。

木々がざわめいた。

山が笑っているようである。

風が来る、と思って目をつむった途端、土を巻きあげるように強い風が吹きつけた。ざわざわ、ざざざっと、葉がこすれて囁き合っているように聞こえる。風が田面を吹き抜けるとき、カエルたちが急に黙り込むのだ。そのくせ風が収まると、また喧嘩するように鳴き合うのである。

人の気配は一切ないのに、音だけはやむことなく早川を包囲し続けた。一生吹山の木々や、生い茂る雑草、飛び交う羽虫、田んぼのカエル、それに地面の湿った土まで渾然一体となり、ひとつの意思を持った巨大な生命のように感じられた。この生命の意思とは、人に対する拒絶である。何人たりともこの山に踏み込むことは許さんと、そう訴えているように感じた。

早川は手の震えを抑えて懐中電灯を振り回し、闇を追い払おうとした。そのとき、懐中電灯の光がなにか異質なものを捉えた。早川はライトの焦点を調節し、ぼんやりと闇に浮かぶものに光を集中させる。

それは、祠だった。なかば雑木林に埋もれ、朽ちかけていたが、間違いなく祠だった。木々に覆われ、普段は気にとめることもないが、そういえば藤子はこの祠を気にかけていた覚えがある。

早川は祠の方に向かってゆっくりと歩み寄った。枯れ枝を踏んだらしく、バキッという音が闇夜に響いて、早川は悲鳴をあげそうになった。

祠は随分と古いため、おそらく桜の木かと思われるが、頑丈そうな木で拵えられた台座も腐っているのがわかった。地蔵は水垢で赤茶けており、さらに一部は苔に覆われている。

思えばなぜこのような場所に祠を建てたのだろう。

早川は楢の木から伸びる鋭い枝をかいくぐり、祠との距離を少しずつ縮めていった。そしてもうす

ぐ手を伸ばせば触れられるというところまで迫ったとき、

「あ、ああ……！」

思わず声をあげてしまったのである。

自分の目はどうかしてしまったのだろうか。どうぞこの目には正しい光景だけを見せてくださいませ、と早川は神に祈る思いで眼前の光景を眺めた。背筋が粟立（あわだ）ち、今度はもう震えを抑えることができない。

地蔵の首が、折れていたのである。

首筋に横一線の亀裂が走り、あきらかに頭が取れていた。

いいや、首が折れていることが恐ろしいのではない。折れた首が、元の位置に置かれていることが恐ろしいのである。自然の手により、なんらかの理由で首が取れたのであれば、それは地面の上に転がっていなければならない。それが戻されているということは、誰かが首を折り、そして戻したのである。そうでなければ、地蔵の首がひとりでに舞い上がり、元の位置に戻ったとしか考えられなかった。

早川は唐突に湧いてきた不気味な想像に、我を失い、半狂乱に陥っていた。

かつて蔵之介から聞いたことがある。この地蔵は、この地で亡くなった農民を祀るためのものだと。だが本当は、農民ではなく抜け首を祀っていたのではないだろうか。だから、首が取れているのである。

そのような妄念に取り憑かれると、ありもしない光景が眼前に浮かぶようだった。胴を離れた地蔵の首が夜ごとに舞い、一生吹山に笑い声を轟（とどろ）かせるのを。昨年末から目撃されていた首も、本当はこの地蔵のものだったのではないだろうか。

ざわざわと木々が鳴り響いた。また風が巻き起こり、自然の驚異的な生命力を感じさせる。

ふと、早川は視線を感じた。

誰かに見られている。

一生吹山を前にして研ぎ澄まされた早川の五感が、全身で誰かの視線を感じ取ったのである。早川は恐怖のあまり、眼前の地蔵を直視することができなくなった。早川を見つめる瞳は、きっとこの地蔵のものに違いないからだ。

山全体が、唸るように大きな音を立てた。また、風が吹く。

「ひいいいぃ！」

早川は逃げ出そうと踵を返した。

そのとき、強烈な光が彼女を捉えた。早川はわけがわからずパニックに陥る。だが光の向こうから、

「大丈夫？」と声がかけられ、彼女は我に返った。

「早川さん、どうしたの」

声の正体は藤子だった。藤子は懐中電灯の光を拡散させてやわらげると、心配そうに早川の顔を覗き込んだ。早川は安堵するとともに、醜態をさらしたことを深く恥じ入った。いつの間に泣いていたのか、涙が頬を伝っている。藤子はそんなことなど気にする様子もなく、早川が落とした懐中電灯を拾っていた。

「すごい悲鳴だったね。なんか怖いことあったの？」

藤子は祠に光を当て、続いて地蔵の顔をしげしげと眺める。

「そ、そ、その地蔵の首が、折れているのでございます」

「本当だね」

「わたくしはたしかに視線を感じて、あまりの恐怖に叫んでしまったのでございます。きっとこの地蔵がわたくしを見つめていて……」

「あ、それ、多分わたしの視線だよ。ふと祠のことを思い出してさ、こっちだろうと思って引き返したんだ。その途中で、遠くから早川さんが見えていたってわけ」

そして地蔵の顔を照らし、「見てよこの顔、超可愛い。地蔵って糸目でしょ？　だから視線なんかないよ」と軽いノリで言うのだった。

「藤子さん、帰りましょう。この山はあまりに不気味でございます。先ほど見た椎の木なんて、まるで血の涙を流しているようで……、あれぞまさに自然の怪異でございます」

「ああ、椎枯れしてたね。害虫が木の幹を食い破って穴を開けるんだ。穿たれた穴から黒い樹液が流れ出して、泣いているみたいに見えたんだね。それのどこが怪異なの？」

早川は呆気にとられながら、「ですが、その地蔵の首が折れていることは虫では説明がつきません」となぜか挑むように言い返していた。

「たしかに頭が取れてるねー。お、見てよ。折れ口はかなり新しい！」

藤子はなぜか嬉しそうな声をあげた。最近になって地蔵の首が折れていたからといって、なにがいというのだろう。

「首が折れた理由はシンプルさ。誰かがうっかり倒しちゃったんだよ。地蔵のデザイン的に、一番折れやすいのは首だからね。大事なのは、なんでこの地蔵が倒れたか、だけど――」

藤子は足元を照らした。地面は枯れ葉や木くずで覆われているが、よく見るとなにかを動かしたような跡がある。

「やっぱり！　この祠が動かされたんだ。そのとき不安定だった地蔵が倒れたんだね。さあ早川さん、手伝って！」

藤子はそう言うと、祠を右側から押して横にずらそうとした。祠の木は腐り、力任せに押せば壊れてしまいそうである。早川はまだ薄気味悪い思いが拭えなかったものの、藤子の存在に勇気を得て手伝った。ゆっくりと台座が滑り、地蔵の頭がぐらぐらと揺れる。次の瞬間、恐れていた通り、頭が転がり落ちてしまった。

かわいそうな地蔵の頭は、ごろんごろんと重そうに回転しながら、斜面を下っていってしまう。一瞬、糸目の奥から恨みがましい視線が向けられた気がした。

だが藤子は地蔵の首など目もくれず、立ち尽くしている。早川は傍らの藤子を見ようとし、そこで目を剝いた。

祠のあった場所に、大きな穴が開いているのだ。

高さは一・四メートル程度だろうか。人ひとりが通れそうな幅の空間が、まるで時空の裂け目のようにぽっかり開いていたのである。山の斜面に、本当に洞穴があったのである。

「さあ行くよ。事件の真相へと続く冒険だ！　もっとも、わたしにとっては推理の確認にすぎないんだけどね」

藤子は懐中電灯の光を闇の奥へと投げかけた。穴はどこまでも深く、光を伸ばしても果てが見えない。藤子はそんな恐ろしい場所でも平気で入ろうとする。

「気をつけてねー。屈みながら歩かないと、頭ごっつんするよ」

「わたくしも入るのでございますか？」

「大丈夫だよ。わたしがついてる。それにこの穴を放置して帰っても、きっと気になって寝られないよ」

洞穴は素掘りらしく、内側は土が剝き出しになっている。トンネルのようにコンクリートで補強されているわけでもなく、掘りっぱなしの状態で、いまにも崩れるのではないかと不安になった。

「心配しなくても大丈夫。斜面に生えた雑木林がしっかり根を張って、内側から補強してくれてるから。……たぶん」

最後の「たぶん」が早川の不安を強烈に駆り立てたが、藤子は臆することなく踏み込んでいった。

藤子さん、と呼びかけた早川の声が、狭い穴の中でぐわんぐわんと反響する。藤子は頭上に気をつけつつ、そろそろと歩みながら早川を手招きした。

熱さのわからない温泉におそるおそるつま先を入れるように、早川は洞穴に足を踏み入れた。彼女の半分程度しか生きていないのに、藤子の背中はなんと頼りになるのだろう。藤子の無鉄砲さ、怖い物知らずでなんにでも取り組む姿勢は、早川のように自信を持てず生きる人間にとっては、まるで道しるべのように感じられるのだった。

「あの、有毒なガスが出ている恐れはございませんか？」

早川はなおも不安が拭えず、藤子にたずねた。二人してガスにやられてしまえば、助かるすべはないだろう。

「この穴にガスは充満しないよ。わたしの予想が正しければ、この洞穴は緩やかな登り坂になってるはずなんだ」

なぜそのようなことがわかるのだろうか。いったいどのような知識を仕入れたら、こんなところに穴があり、しかもそれが登り坂になっているという推理につながるのだろう。

「あ……」

早川は地面を照らし、続けて足元の感触を確かめた。藤子の言う通り、しばらく歩くと洞穴内が登り坂になっていたからである。藤子は緩やかと言ったが、暗く狭い洞穴の中では、かなりの急坂に感じられた。

山の表面の黒土は腐葉土のように水はけがよく、ぱさついていたが、洞穴の内側は頑丈そうな粘土質の土で、触れるとひんやりしていた。奥の方へ進むと、土だけでなく大きめの石も埋まっており、頭上や側面からごつごつとした塊が飛び出ているところもある。

屈みながら歩くため普通に進むより倍近い時間がかかる。首や腰への負担もけして小さくはない。壁に手をつきながら歩いていたが、見たこともないような太いミミズが壁を這っているのに気づき、早川は絶叫しそうになった。
五、六十メートルほど歩いただろうか。入口のぼんやりとした光はとっくに眼下に消え、ただただ墨を溶かしたような黒い空気だけが洞穴に漂っていた。藤子は途中で立ち止まり、真上を見上げている。なぜだかそこだけ頭上に空間があり、身を屈める必要がないのだった。
「日穴だね。この洞穴を掘ったときの土砂を運び出すための穴だ。すごい執念だよね。こんな穴を手作業で掘り続けたんだから。でも上空から光が一切差し込んでいない。たぶん、自然に塞がったんだ」

藤子は満足そうにひとりでうなずいている。大きな声だと反響してうるさいためか、低く抑えた声だった。早川は我慢できず、とうとう藤子にたずねた。

「あの、藤子さん。この洞穴の正体に見当がついているなら、わたくしにも教えてくださいませんか。こんな得体のしれない穴、わたくしは不気味で仕方がありません。なにか大きな怪物の腹の中にいる気分でございます」

早川がそう言うと、藤子はようやく気づいたように、ああごめんごめん、とぞんざいに謝るのだった。そして、言った。

「これは、横井戸だよ」

「井戸？」

「山中を流れる地下水を集めて導水する、古い灌漑(かんがい)設備だね」

灌漑設備と聞かされても、一生吹山の内側にこのような穴が開いていたことへの驚きが勝り、早川はなにも言えなかった。藤子はずんずんと奥へ、そして上へと歩いていく。

「穴の説明はあとだよ。まずは横井戸を先に進んで、お目当てのものを確認しなきゃね」

「お目当てのもの？」

早川は息切れし、あえぐように呼吸していた。しばらく進むとまた日穴が、さらに進むともうひとつ日穴が、という具合に竪穴が続き、やがて四つ目の日穴が見えてきた。

「んー、たぶんこの辺じゃないかな」

藤子は四番目の日穴の下で立ち止まり、懐中電灯を頭上に掲げた。

「見てごらんよ」

そこには、少し土がかけたような、部分的に崩れたような跡があった。

「真新しい靴跡だ。誰かがここを通ったんだよ。そして出口に置かれた祠をどかして出ていったんだ。そのとき地蔵が倒れて、首が取れちゃったんだろうね」

「こんな地中を、いったい誰が……？」

「それをあきらかにするために、これから屋敷に行かなきゃいけないんだ」

そう言うと藤子は、意気揚々と来た道を引き返そうとした。

「それにしても、この横井戸はどこまで続いてんだろうね？」

藤子が洞穴の奥を何気なく照らし、急に沈黙した。藤子は、懐中電灯を向けたまま身をこわばらせている。その様子に尋常でないものを感じ、早川は藤子の肩越しにおそるおそる覗いた。そこには、彼女がまったく予期していないものがあった。彼女はたまらず悲鳴をあげ、逃げるように出口に向かって駆け出したのである。


加賀屋家の屋敷に戻ると、駐車場には刑事たちのスカイラインがとまっていた。時刻は午後九時を回っている。いつの間にか雲が切れ、美しい星空が広がっていた。

随分と長く闇の中をさまよっていた気もするが、距離にするとわずか二百五十メートル、往復でも五百メートル程度なのだと藤子は教えてくれた。

「よかった！　まだあの二人もいるみたいだね」

藤子が安心した声を漏らすと、まるでそれを聞きつけたかのように、猪口と小紫が玄関から出てきた。

「あれ、もう帰るの？　夜はこれからだぜ！」

藤子が謎のテンションで二人に呼びかける。

「あ、おまえこんな時間まで！　おれらは忙しいの。これから戻って本部に報告するんだから」

小紫はそう言って車に乗り込もうとしたが、全身汗と土にまみれている藤子と早川を見て、ぎょっとしたように目を剝いた。

「え、きみらなにしてたの？」

「それを説明するからさ、二十分でいいんだ。話を聞いてよ。そしたらきっと、二人とも警部くらいまで昇進できるから」

茶の間には長島と相川がいた。加賀屋酒造の資料を蛭川が盗んでいたと聞いて、駆けつけてきたのだろう。歩美は三度（みたび）現れた藤子に胡乱（うろん）な目を向けていたが、土で汚れた姿にただならぬ気配を感じ取ったようである。早川はそんな歩美の目を見ることができず、つらい思いで佇んでいた。

「勢揃いしててちょうどよかった。雅ちゃんは寝てるみたいだし、これで話もさくさく進むね」

「おい、どうしたのよ。なんでそんな汚れてんだ？」

猪口が藤子の服の土をぱっぱと払う。畳に泥が落ち、歩美が不快そうに眉根を寄せる。

「ちょっと洞穴を探検しててね。でもおかげで、事件についてはだいたいわかったよ」

自信満々にそう言ったあと、「もちろん犯人もね」と藤子はおまけのようにつけ足した。その一言で、場の雰囲気が一気に緊張するのがわかった。

和成と猪口、それに小紫が茶の間に入ると、藤子は襖の前に立って話し始めた。重々しく事件の真相を語るのではなく、自由研究の成果でも発表するように軽い口調で話すのである。

「事件の発端は、昨年末から目撃が相次いだ抜け首事件。蔵之介さんの生首が夜空を飛んでたっていう怪情報だね。あれはおそらく、３Ｄプリンターで作られたシリコンゴムの模型だよ。いまでは写真一枚で３Ｄデータにして、お面みたいなマスクを作ってくれるサービスがあるから、それを使ったんだろうね。じっと鑑賞されたら偽物だとバレるけど、光源の乏しい夜道で見抜くのは難しいと思う」

「偽物の顔やって？　それがどうして空飛ぶんや」

　奥の席に座っていた長島が口を挟む。

「黒塗りしたドローンでも使ったんだろうね。表面だけシリコンゴムで中身は空洞の頭なら、縦横十センチ程度のマイクロドローンでも飛ばすことができる。タケコプターをイメージしてもらえばわかりやすいよ」

「なんでそんなことを、いや、それより誰がそんなことをやってたって言うんや」

　長島はなおも質問を続けた。まったく空々しいと早川は憤慨した。藤子は長島と歩美こそが蔵之介を殺害した犯人であると推理していた。自分の犯行にもかかわらず、あくまでしらを切ろうとする長島の態度に、彼女は軽い苛立（いらだ）ちと失望を覚えたのである。

「それをあきらかにする前に――」

「歩美さん」

　藤子が呼びかけると、歩美は不穏なものを察したのか、わずかに体を震わせた。

「蛭川のおっちゃんが亡くなった日、おっちゃんは酒造組合に関する文書を転送してほしいと言ってたんだ。歩美さんは、その資料を送ったのかな？」

「な、なにを急にそんなこと。わたしは……」

送っていないはずである。和成は歩美に送らせると言っていたが、歩美は送っていないはずだ。蛭川をその手にかけたのであれば、もはや資料など送っても、誰も読まないと知っていたからである。

「送ってないいんだよね？」

藤子が念を押すように言葉を継ぐ。歩美はなにも言い返せずに黙っている。ところが、その直後に藤子が発した言葉は、早川にはまったく予期しないものであった。

「資料を転送してほしいなんてこと、和成さんから聞かされていなかったからだ。そうだよね？」

歩美が答えづらそうに沈黙する。和成と早川が、同時に「えっ？」と驚いた声をあげた。

「昼前に蛭川さんと打ち合わせをしたあと、歩美さんに頼む時間があったのに、和成さんはそんな依頼をしていなかったはずだ。蛭川さんが死んだと知っていたからね。つまり蛭川さんを殺したのは、和成さんだよ」

職人たちや歩美はもちろん、刑事たちまで呆気にとられていた。和成もまた、突然自分の名前が出されるとは思っていなかったのか、驚いた顔をしている。

「いったいなんの話をしとんのか……」

「それだけじゃない」藤子は畳みかけるように言葉を被せた。「蔵之介さんを殺害したのも、その首を酒蔵に置いたのも、すべて和成さんの仕業だ」

「そんなはずはありません！」

早川は思わず叫んでしまっていた。和成や刑事たちより早く、自身の言葉で否定したかったからである。

「藤子さん、よく思い出してくださいませ。蔵之介様が殺害された夜、和成様はお屋敷を出ていないではございませんか。それに、蛭川さんが殺害された時間にもアリバイがあります。和成様と一緒にいたのは、他でもない藤子さんですよ。なにより、わたくしには、犯人が歩美様と長島さんだと教えてくださったではありませんか！」

「ああ、ごめん。あれは嘘だよ」

藤子はまったく悪びれることなくそう答えた。

「嘘というより間違いかな。歩美さんが蔵之介さんを殺害して首を屋敷のどこかに隠し、長島さんは相川さんに偽の首を発見させ、自分は屋敷から首を持ち運ぶ。最初はわたしもそれが真相だと思ったんだ。たぶん、グッチやコムもこの可能性を検討したんでしょ？」

藤子が二人の刑事を見やる。小紫が渋々といった様子で、「たしかにその可能性も検討はした」と答えた。

「でも、違ってた。出荷台には首の断面から流れた血液が付着してたって聞いたから。そうすると、さっきの共犯説は成立しない。なぜなら、わたしが遺体発見時に確認したとき、首の切断面はすでに乾燥していたから。つまり夜中のうちに切断されてたんだ。切断された首がひと晩屋敷に隠されて、朝になって出荷台に置かれたのなら、血液の付着はほとんどない。出荷台についた血は、首の切断後、完全に乾燥する前に置かれた証拠だよ」

「きみの言うことが正しいなら、なおさらぼくは犯人じゃないってことになるやないか」

たまりかねたように和成が反論した。「ぼくは義父が亡くなった夜、この屋敷から出てないんやからね。それは警察の方で確認済みや」

「うーん」

和成の反論に、藤子はすぐさま弱った様子を見せた。自信満々で犯人を告げたにもかかわらず、もう追及の材料がないのだろうか。ところが藤子が困っている理由は、早川の懸念とは全然異なるものだった。

「あんまそういうの、いらないかなあ」

「いらない？」

「いまさら通り一遍の反論なんてしても無駄ってこと。わたしは全部わかったうえで言ってんだからね。素直に自分がやりましたって認めて、さっさとこんな辛気臭い話は終わらせちゃおうよ」

藤子はもうこの事件について関心をなくしたような、あるいは飽きたとでもいう様子でそう言った。

「冗談じゃない！　勝手に殺人犯扱いされて、素直に認める奴がどこにおる？　きみの非常識な言動は大目に見てきたが、それにも限度があるぞ」

和成が声を荒らげてそう言った。和成が怒るなど滅多にあることではない。職人気質（かたぎ）の蔵人と違い、和成は非常に温厚な性格のはずである。

「一生吹山の道路には防犯カメラがあり、死角を歩いた可能性も含めて警察が捜査してくれる。そうやってうまく警察を利用し、自分が屋敷から出ていないことを証明させようとしたんだよね。つまり抜け首騒動を起こした一番の理由は、アリバイ作りのためだった。でも、その方法ももうわかってるよ。間歩ならさっき早川さんと歩いてきたから」

「マブ？」

猪口が間の抜けた声をあげる。かくいう早川もなんのことやらさっぱりわからなかった。先ほど歩いた地下水路については、藤子から横穴式の井戸だと説明されたきりで、まだ詳細な説明を受けていない。

「『間歩錦』の間歩だよ。山の斜面に掘られた横穴式の井戸で、地表から染み込んだ雨水や、山中を流れる地下水を集めて導水するんだって。一生吹山にもこうした横穴が開いていたんだ。県史や市史を見たら、三重県の北勢（ほくせい）地区で江戸後期から大正時代までたくさんの間歩が掘られた記録が残ってたよ。治水が完備された現在はそのほとんどが使われなくなり、風化するみたいに廃れていったんだね。でも、なかには現在に至るも崩壊せずに残っている間歩もある。人々がすっかり忘れ、その存在を知る者がいなくなり、行政でさえ把握できていない地下水路が、この地域にはいくつも存在しているんだよ。一生吹山の間歩はそうした生き残りのひとつだったんだね」

藤子が説明したあとも、一同は信じられないという顔をしていた。無理もない話である。つい先ほど洞穴に足を踏み入れた早川でさえ、半ば夢を見ていたような気分なのだから。

「でも、本当に大事なのはここからだ。間歩を掘るなら、当然地中にある大量の土砂を運び出さなきゃならないよね。それはどうやって出したと思う？」

「どうやってって、そりゃ掘り始めた入口からやろ」

長島が答えた。

「最初のうちはそれでいいだろうね。でも間歩が五十メートル、百メートルと進むにつれ、入口まで土砂を搬出するのが困難になってくる。運び出すだけじゃなく、大量の土砂の置き場や、空気を取り入れるための換気口も確保しなきゃならないからね。そこで間歩を掘るときは、数十メートル間隔で日穴と呼ばれる竪穴を掘り、土砂を畚という籠に載せて排出したんだ。一般的な井戸で釣瓶（つるべ）を使って水を汲みあげるように、間歩の日穴から土砂を運び出したんだよ」

「おん、そんでその穴がどうかしたんか？」

まだ呑み込めない様子の長島を見て、藤子はじれったそうに言った。

「もう、わかってよ！　この一生吹山の地表にも、間歩の日穴が口を開けてるんだよ。位置的に、たぶん屋敷の裏にある古井戸の跡じゃないかな。古井戸というのは嘘で、本当は日穴に蓋をしたものだったんだ。そしてその日穴を使って、和成さんは誰の目にも触れられずに蔵之介さんの首を運び出したんだよ」

早川も屋敷の裏になぜ古井戸があったのか気にはなっていたが、すでに蓋をされていたため深く考えることはなかった。しかしよくよく考えてみれば、山の上に井戸とはおかしなことである。

「井戸と違って、日穴は地中の間歩に繋がってるから埋め立てができなかったんだろうね。だから蓋で穴を塞ぐだけになった。アリバイを確保したい和成さんにはそれが好都合だったんだろうけど。木々が鬱蒼と生い茂る斜面は、すでに警察が検証した通り歩くことはできない。でも日穴から間歩に下りてしまえば、わずか二百五十メートルで水田まで出られる。そこから蔵までは徒歩で行ける距離だからね、出発してから戻るまで、トータル四、五十分もあればできる」

「突然そんなこと言われたかて信じられんわ。そんな地下トンネルみたいなもんがこの山にあるなんて……」

長島がそこまで言って絶句する。

「おれも長島さんと同じ思いや。四日市桜署に来て五年が経つけど、そんな横井戸があるなんて話は聞いたことがない」

猪口も同調したが、藤子はそんな二人の反論をすかさず制した。

「三重県と同じように間歩掘りの盛んだった愛知県半田市には、間歩がひとつだけ現存してるんだ。まあ向こうではマンボって呼ぶらしいけど。じゃあここで問題ね、半田市の間歩はどうやって発見されたと思う?」

「発見? いや、発見もなにも、古くから残って保存されてたんやろ」

「ところがそうじゃない。博物館を建設しようと工事をしていたら、たまたま横穴を発見して、間歩だと判明したんだ。それで記念に残すことにしたってわけ。つまり、博物館の場所が少しずれていたら、半田市の間歩は永久に忘れ去られていたってことだよ。これはほんの一例だけど、存在を知られていない間歩はたくさんあるんだ」

言われてみれば至極当然なことだった。地表から見えるのは水が出てくる穴だけで、それが使われなくなったあとは、間歩の出口は雑草に覆われてしまう運命である。誰も地中深くのことなど気にもとめないため、忘れられてしまえばそれまでなのだ。

「水を差すようで悪いが、低山とはいえ一生吹山の標高は百メートルを超える。田んぼのある場所まで下りるなんて本当にできるんか」

猪口が懐疑的な見方をしたが、藤子は事もなげに答えた。

「できるよ。もともと日穴は間歩の掘り子の通路も兼ねていたんだから。江戸末期にこの間歩を掘った農民たちは、荒縄で日穴を上り下りしながら、地下水路を掘り続けたんだよ」

早川は、和成が学生時代、レスリング部に所属していたことを思い出した。レスリングではトレーニングの一環で綱登りをするのである。オリンピック三連覇をした女子選手が綱を登っている映像を、早川もニュースなどで見たことがあった。

「ちなみに、一生吹山の標高は百メートルを超えるけど、それは山頂の話で、屋敷があるのはせいぜい八十五メートルってところかな。一方、一生吹山の東にある田んぼの標高は四十メートルになってる。そして間歩は地中で登り坂になっていて、斜度はおおよそ五、六パーセントってところだったから、日穴の深さは二十メートル程度だね。誰でもとは言わないけど、農作業で鍛えた和成さんなら十分に可能だよ」

ただし、と藤子は声の調子を落として推理を続けた。

「ここでひとつ予想外のことが起きた。たぶん和成さんは大きな布か何かで蔵之介さんの首を包んで運んだんだろうけど、日穴を下りる途中でうっかり落としちゃったんじゃないかな。蔵之介さんの首は鼻が折れて土と血に汚れていたって聞いたけど、たぶん空から落ちたんじゃなくて、日穴を落ちたんだ」

長島は啞然としながらその説明を聞いていた。皆が一様に黙り込んで聞き入っている。沈黙を破ったのは猪口だった。

「間歩っちゅうもんをこの目で見るまでは信じられんが、しかしなんでまたそんな苦労をしてまで首を蔵に持っていく必要があったんや」

「職人さんが毎朝六時に出勤するからだよ。なるべく早い時間帯に発見されなきゃ、せっかく作ったアリバイが成立しなくなるからね。ここで大事なのは、和成さんは自分だけじゃなくて他の人たちのアリバイも守ろうとしたんだ。理由はあとから説明するけど、誰かに罪をなすりつけるんじゃなくて、いわゆる不可能犯罪にしたかったんだよ。だから抜け首の騒動を連想させるため、蔵之介さんの遺体の断面に麴蓋を被せた。そうだよね？」

その瞬間、和成がなにか反論しようとしたが、藤子は意味ありげに鋭い視線を送り、和成がなにか言うのを制してみせた。

一度は納得したような猪口だったが、ふと気づいたように疑問を口にした。

「蔵之介氏のことはわかった。じゃあ蛭川酒造の方はどうなる。蛭川氏の死亡推定時刻は午前十時から午後二時までの四時間。けど十一時半ごろまでは和成さんとビデオ通話をしとって、生存が確認されとる。加賀屋酒造から蛭川酒造までの往復に、犯行時間も加味すれば一時間は欲しい。けど和成さんはその間、蔵や田んぼにおったんやぞ。しかもそれを証言したんは藤子ちゃん自身や」

たしかにその通りである。ビデオ通話の相手は間違いなく蛭川で、そこに偽装が介在する余地はなさそうだった。早川がこの目で姿を見て、この耳で声を聞いたのだから、間違いはない。

「たしかに和成さんには完璧なアリバイがある。でもそれは、あくまで和成さんが殺しに行くことを前提としてるよね。でも事実は逆だったんじゃないかな？　つまり、アリバイを用意してたのはおっちゃんの方だったんだ」

「蛭川氏が？」

「最初はちょっとした違和感だった。なんであの日に限ってビデオ通話にこだわったのか、それが不自然だったんだ。それに和成さんとビデオ通話してるとき、おっちゃんの背後からごおごおと音が聞こえてて、あれはどう考えても風の音だった。事務所だったら、いくらプレハブでもあんなに風の音は入らないよ」

たしかに蛭川の声の裏ではごおごおと音が聞こえていた。早川は通信状態の問題かと思っていたが。

「以前から、おっちゃんは『間歩錦』に興味を持ってたんだよね？　だけど『間歩錦』は加賀屋酒造が醸さなければ美味しいお酒にならない。おっちゃんはその秘密を探ろうとしていたんだ。蔵之介さんが殺された夜も、酔っぱらって縁側で眠りこけていたって話だったけど、本当はみんなが茶の間に集まってる間に、離れとか他の部屋を家捜ししてたんじゃないかな」

「じゃあ藤子ちゃん、蛭川酒造から見つかった加賀屋酒造の資料ってのは、蛭川氏が家捜しして盗み出したものってことか。蔵之介氏の部屋からも盗まれた可能性があるが……」

「残念ながら、おっちゃんは『間歩錦』の栽培や『間歩守』の製法に関する重要な資料は盗めなかった。きっと酒蔵の事務所の方にあったんだろうね。だから業を煮やして、酒蔵に盗みに入ることにした。自分のアリバイを確保したうえでね」

早川は蛭川と和成がビデオ通話で交わしていた会話内容を思い出した。なぜか蛭川は、打ち合わせのあと和成が農作業に出るか否かを確認していた。あれは酒蔵が留守になることを知りたがっていたのだ。

「たぶんおっちゃんは、加賀屋酒造の近くまで車で移動して、そこからビデオ通話をしたんだよ。ビデオ通話には背景を変えられる機能があるから、蛭川酒造の事務所の写真を設定してね。そして黄金町の事務所にいるよう装って打ち合わせしたあと、和成さんが田んぼに行ったころを見計らって酒蔵に忍び込んだ」

だけど、と意味ありげに一拍置いてから、藤子は和成を見て言った。

「いざ盗みに入ったところ、計画外のことが起きた。農作業に出たはずの和成さんと、鉢合わせしてしまったんだよ。酒蔵に忍び込んだおっちゃんを見て、和成さんはすぐにその意図を察しただろうね。そしてほぼ同時に、おっちゃんの方でも気づいてしまった。和成さんが蔵之介さん殺害の犯人だと。

だから和成さんはおっちゃんを殺さなきゃいけなくなったんだ」

「ちょ、ちょっと待て」

　小紫が腰を浮かせて口を挟んだ。隣で猪口もなにか言いたそうにしている。二人の言いたいことは早川にもすぐにわかった。なぜ蔵で鉢合わせしただけで、蛭川は和成が犯人だとわかったのだろう。

「さっき酒蔵に行ったとき、釜場からこんなものを見つけたよ」

　藤子がハンカチを開いて見せたのは、灰にまみれ、白く溶け残ったゴムのようなものだった。早川は、先ほど藤子が和釜の下を丹念に調べていたことを思い出した。

「シリコンゴムだね。さっき話した、３Ｄプリンターで作った頭部模型の焼け残りじゃないかな。いくら作り物とはいえ、人の頭をゴミに出して捨てるわけにはいかない。でもシリコンは可燃性とはいえ、ライターの火程度では燃えきってくれない。そこで和釜の強力なバーナーを使って燃やしたんだ。もしかしたら、蔵之介さんの首を運ぶときに使った布か何かも一緒に始末したかもしれない。蛭川のおっちゃんに見られたのは、まさに燃やしているときだったんじゃないかな」

　藤子は糾弾するというより、問いかけるように和成に言葉を投げかけた。和成は返事をせず、ただ黙って目をそらす。

「ビデオ通話の直前、酒蔵を案内してもらったときにはあった鬼櫂が、おっちゃんの死後は一本なくなっていた。たぶんあれでぶん殴ったんだ。鬼の金棒みたいな櫂棒だからね、ひとたまりもなかったと思う。咄嗟（とっさ）に第二の殺人を犯した和成さんは、おっちゃんのアリバイトリックを逆手にとることにした。すぐに遺体を隠して田んぼに出ると、わたしたちと農作業してアリバイを確保したんだ。そして夕方になると、得意先を回ると行って酒蔵を離れ、遺体を蛭川酒造に運び込んだ。このとき遺体を井戸に放り込んだのは、事故死に見せかけるためだけじゃなく、殺害現場とか死斑をごまかす目的もあったんじゃないかな」

　和成は藤子が農作業体験をしたいと申し出たとき、いやに寛容だった。身内である蔵人以外の第三者にも、自身のアリバイを証言させたいという意図だったのかもしれない。

「こんな感じでアリバイを作った和成さんだけど、今度は早く死体を見つけてもらわなきゃいけないというジレンマが発生する。遺体発見が遅れたらせっかくのアリバイがパーになるからね。そこで人目につくよう、おっちゃんの上着を井戸の脇に放置して、ご丁寧にスマホをポケットに残しておいたってわけ」

　もし藤子の話が事実なら、想定外の事態とは思えないほど見事な立ち回りだった。感心すべきことではないが、早川はその賢さに舌を巻く思いである。しかし――。

「その説明は、なんの根拠もない空想ではございませんか。たとえ蛭川さんがなんらかの細工を弄していたとしても、それをもって加賀屋酒造に忍び込んだり、ましてや酒蔵で殺人が行われたという証拠にはならないはずです」

　早川の訴えが悲痛さを帯びているのは、心のどこかで和成が犯人であってほしくないと願っていたからである。しかし藤子はにべもなくその望みを否定するのだった。

「以前和成さんが教えてくれたよね。酒蔵には蔵ごとに異なる蔵付き酵母があり、それは醸造の過程で飛散して、壁や床に付着するって。グッチ、井戸の脇に放置されたおっちゃんの上着をもう一回詳しく鑑定してごらんよ。断言してもいいけど、加賀屋酒造の酵母菌がついているはずだよ。それが、殺害現場が加賀屋酒造だったっていう証拠になるから」

猪口はしばらく茫然としていたが、小紫に肘でつつかれると、我に返ったように携帯電話を取り出した。

「もう言い逃れはできないと思うけど、まだ続ける？」

藤子が呼びかけると、和成は少しだけ逡巡したのち、観念するようにうなだれた。そして電話をかけようとする猪口に声をかけた。

「鑑定なんか、せんでもええですよ。みんな藤子さんの言った通りですから」

和成が犯行を認めた瞬間、室内が一気にざわめいた。同調するかのように屋敷の外で大きな突風が起こる。歩美や長島、相川はもちろん、二人の刑事も半ば信じられないという顔をしている。

「しっかり手と耳に残っとります。義父の首を刀で落としたときの感触が。切ったというより打ちつけたという感じで、ガクッて音が聞こえたんです。首はあっという間に落ちたのに、畳を転がるのはやけにゆっくりでした」

その言葉で、早川は蔵之介の頭がベッドの脚元に転がる光景をまざまざと連想させられてしまった。

「蔵之介さんの首を切り落としたのは、蔵人や蛭川のおっちゃんらが帰って、屋敷の人たちが寝静まった後のこと？」

「そうや。さすがに酒の席の途中でこんな大それたことはできんかった」

「でも、殺害したのは、その酒の席を抜けてる間だったよね。こないだ早川さんから、警察が藁縄について調べてたって聞いたけど、凶器に使ったのはそれだったのかな？」

「ああ。本当は寝とるところにいきなり刀を振り下ろすつもりやったけどな、もしその後で誰かが部屋を訪ねたらって考えたら急に恐ろしくなった。絞殺なら遠目には寝とるようにしか見えんから、咄嗟に物置の藁縄使って、首を落とすのは深夜に変更した」

　実際のところ、寝ている蔵之介の寝室を訪ねる者などいなかっただろう。それは和成も承知していたはずである。だが、実際に事に及ぶとなったとき、理屈よりも恐怖が上回ったのかもしれない。

「間歩を通って山を下りた後は、誰の目にも触れることなく酒蔵まで行けた。こんな田舎の深夜やからな、拍子抜けするくらい、堂々と小脇に抱えて道を歩けた。間歩を下りるときに首を落としてもうたけど、不思議と荷物を落っことしたくらいの気分やった。深夜の町歩いてたらなんにもかわらん平穏そのもので、自分が脇に抱えてるのが本当にただの荷物やと思えてきたくらいや」

　和成の告白を遮るように、長島が声を上げた。

「ちょっと待ってや。和成くん、冗談にしてはパンチきき過ぎやで。なんで和成くんが社長を殺さなあかんねん」

「そんなもん、ひとつしかありません」

　薄ら笑いを浮かべて顔をあげた和成は、まるで人が違ったように、早川には見えた。

「復讐ですよ。他になにがあるんです。ぼくに言わせたらね、長島さんも他の蔵人も、なんでこの家を恨まんのかわからんくらいです」

「復讐って、なんのことや。おれら加賀屋家に感謝こそすれ、恨みなんか抱いたことは一度もあらへんぞ」

「それがおかしいって言っとるんや。こんな三重の田舎で生まれ育って、ええことも悪いこともなんにも起こらん生活させられて、それを恨むことも、疑問に思うこともない。飼い慣らされた動物みたいな一生や」

「あんた、言うてええことと悪いことがあるぞ！」

　長島が屋敷中に響き渡るような声で怒鳴った。もともと気性の荒い性格の長島である。和成が刺激しようものなら暴れ出すのではないかと早川は不安になった。

「だいたい、この町で生まれたからってなんで加賀屋家を恨まなあかんのじゃ」

「知らんてことはそれだけで罪や。ええか、この蔵元はもともと江戸の終わりに創業した。当時このあたりの村の庄屋を務めとった加賀屋家の先祖が、余剰米を使って酒造りを始めたんや」

「加賀屋酒造の歴史くらいみんな知っとる。それがどうしたって言うんや」

「当時この村には、酒を造れるだけの余剰米があったってことや。にもかかわらず、百姓たちは食うや食わずの生活やった。この一族が庄屋を務め、搾取されてたからに他ならん。先祖代々の土地を奪われて小作の身に落とされた、おれらはそんな農民たちのなれの果てや！」

「あんた、いつの話しとるんや。それを言うなら、むしろ感謝しやなあかんくらいや。加賀屋家がおれらの先祖を支えてくれたんやからな。天候に左右されて不安定な農民の生活を、農閑期に酒造りの仕事を与えることで、経済的に支援してくれたんやぞ」

「そんなもん詭弁(きべん)や。春から秋まで、一日中休みなく働かされてた農民らが、唯一休める農閑期にまで働かせようとしたんが真実や！　仕事をもらったやの支えてくれたやの、そんなもんは加賀屋家があとから吹き込んだでまかせや」

　さらに、和成はこう続けた。

「加賀屋酒造で取り組んどる奨学金の返済支援にしたって同じことや。返済を支援する代わり、返済の完了前に退職したら支援した分の金額を弁済する規約が盛り込まれとる。表向きは支援を装いながら、実態は働き手を逃がさんための束縛に近い。江戸のころから変わってない。いかに拘束して、いかに搾り取るか、それがこの酒蔵の歴史や」

和成は、これまで誰にも見せたことがないような剣幕で長島に反論した。その常軌を逸した様子に圧倒されたのか、長島は言葉をなくしてしまう。早川は以前和成が言っていた、ぼくはその手には乗らんかった、という言葉を思い出していた。和成はもともと加賀屋家のことを信頼していなかったのだろう。

しかし早川は和成がなにをムキになっているのか、さっぱり共感できなかった。たとえ先祖代々の土地を取られようと、いまはみなそれぞれに家があり、土地があるのだ。先祖がもしひどい目に遭わされていたとしても、それはもう百年以上前のことである。いまさらそんな理由で、蔵之介を殺害するなど考えられなかった。

「ぼくがこの家の婿養子になったんは、当主になって農地と酒蔵を奪うためや。いや、取り返すって言い方の方が正しいか。やから『間歩錦』をここで育てたんや。加賀屋家の土地で『間歩錦』を栽培する。おれの先祖が大事に守ってきた稲を育てることが、おれの加賀屋家に対する復讐や」

「先祖が守ってきたって……、『間歩錦』は近隣の農家が、たまたま保存してた種籾から復刻したんと違うんか」

「『間歩錦』はおれの先祖が発見したもんや。根腐れした稲の中で、わずかに生き残って育った稲や。おそらく突然変異で生まれたんやろう。種籾の発芽率の低さから一般に流通はせんかったが、うちの先祖はそれを大切に扱い、わずかな農地で栽培を続けてきた。土地を奪われ、家もなくしたあと、子孫に残せたものなんて種籾しかなかったんやろう」

「ほんなら、古い種籾が奇跡的に発芽して稲になったたって話は……」

「あんなもん嘘っぱちや。古くもなければ奇跡でもない。おまえらは誰も気づかんかったけどな。先祖は農民やったくせに、いまでは田んぼも稲もなんも知らんと、百年前の種籾が奇跡的に発芽したって話をぼーっと信じてたんや。そんなもん、おれに言わしたら先祖への裏切り以外のなにもんでもない」

代々伝わる土地を取り戻し、辛酸を嘗めさせられた先祖の復讐をする――。にわかには信じがたい話だが、一方でどこか早川には理解できる気がするのだった。

――なんでうちは貧乏なんやって、いつもそんなこと考えとった。

和成は以前、藤子と苦労話をしたときにそんなことを言っていた。きっと自分の家が貧乏な理由を、他の家より不幸な理由を必死に探し、それでも納得のいく答えが得られずに、とうとう江戸時代に田畑を奪われ没落した先祖に行き着いたのだろう。納得のいかない不幸に直面したとき、人は直接関係のないところにまで因果を見出してしまうものなのである。

あの苦労話をしたとき、和成が満足そうな表情をしていたのは、眼前に広がる田んぼに『間歩錦』が植えられていたためだったのだ。

早川はふと藤子の様子を見た。和成の動機の告白を黙って聞いているが、なにか腑に落ちていないようである。

「動機については、まあそういうことでいいよ。最後にひとつだけ、これについて知っていることを教えてほしい」

藤子がなにをたずねようとしているか察して、早川は胸を痛めた。つい先ほど、間歩の中で藤子と発見したものを思い出したからだ。藤子はスマートフォンを取り出し、画像を表示させた。

「これは……！」

画面を覗き込んだ猪口が、ひったくるようにスマートフォンを引き寄せ、続けて小紫にも確認させる。そこには、衣類や頭髪はすっかり失われたものの、まだ肌にいくらかの潤いを保ったミイラが写っているのだった。

「ミイラや……。なんでこんなけったいなもんが地中に埋まってんのや」

間歩の日穴を確認したあと、二人はこのミイラを発見したのだった。

それを見つけたとき、早川は心臓がとまるかと思った。ミイラそれ自体に驚きもしたが、なにより見られているような気がしたからだ。落ちくぼんだ眼窩に瞳はなかったが、たしかに視線のようなものを感じたのである。肌は茶褐色に汚れ、枯れたように細く貧相な見た目をしていて、眼前に実物がありながら、まるで亡霊を見ているような気分になった。

絶叫しながら彼女が逃げ出したあと、藤子は冷静に写真を撮っていたようである。

「地中に埋まってるんじゃなくて、置き去りにされたんだよ。一生吹山の間歩は、周囲の住宅開発の影響で地下水位が下がり、いまはただの空洞になってる。それでも天井からのシメダシ水で絶妙に湿度が保たれた結果、屍蠟になったんだ。田舎の方では、百年以上前に土葬された遺体が稀にミイラになって発見されるよね。地下水が滞留する地層に埋葬されるとそうなることがある。同じことが、この山の地下深くで起きていたんだ」

藤子は天気予報でもするみたいに淡々と説明した。しかし、なぜこのようなミイラがあるのかまでは、さすがにわからないようだった。

「そのミイラのことは、ぼくにもわからん。初めて間歩に入ったときに発見したけど、どこの誰かなんて見当もつかん」

和成にもミイラの正体はわからないようだった。嘘をついている様子はないし、隠す理由もないため、本当に知らないのだろう。百年以上も前のため無理からぬことである。間歩掘りに従事した農民が生き埋めになったのかもしれないと早川は思った。

藤子は、再び視線を和成に戻した。

「『間歩錦』という名前から察するに、和成さんは間歩の存在についてもご先祖様から伝えられてるんじゃないかな」

「ああ、そうや。『間歩錦』はおれの先祖が間歩を掘ったあと、近くの田んぼで発見したもんやと聞かされた。『桃太郎』や『浦島太郎』みたいな昔話と一緒に、名前のない物語を聞いて育ったもんや」

和成は随分遠い昔を思い返すような表情でそう答えた。

「小さいころは毎晩のように聞かされた。おれの先祖の庄助って百姓はたいそうな働きもんやったと。年貢を納められず、庄屋に土地を奪われたけど、間歩を掘って村を水不足から救った英雄やったって。にもかかわらず、加賀屋家のせいでうちの一族はひどい目に遭っとる。そんな話を、何度も何度も繰り返し聞かされてきた」

種籾とともに継承された先祖の英雄譚。神格化された百姓の話。すべてが史実に即したものとはとても思えないが、それでも和成の家では、親から子へ、そして孫へと何代にもわたって伝えられてきたのだろう。それは一種の洗脳だった。本当か嘘かもわからぬ名前のない物語は、語り継がれるうちにいつしか都合よく編集され、脚色され、改変され、美しい物語に作り変えられたのかもしれない。

「二か月くらい前、ひどい頭痛と右目の痛みに襲われた。病院に行っても原因がわからんし、痛みは一向に引かんかった」

和成は突然、絞り出すような声でそんなことを言った。たしかに二か月ほど前、和成は原因不明のひどい頭痛と目の痛みを訴え、いくつもの眼医者や病院を回っていた。結局原因がわからないまま、いつの間にか痛みが引いたと早川は聞かされている。

「痛みに悩まされてたころ、田んぼで畔塗りしてたら急に呼ばれた気がしたんや。一生吹山に置き去りにされた祠の奥から、たしかに声が聞こえた。これまで一度も入ったことはなかったのに、おれは躊躇せず間歩に入れた。そして例のミイラを見つけたんや。地下深くの闇の中でミイラと向かい合って、それでも不思議と怖くはなかった。安心感さえあった。なんの疑問もなく、そのミイラに呼ばれたんやてわかった」

まるで胎内回帰のような話である。あの産道のような真っ暗な細道を歩き、恐怖心を抱かないなど信じられないことだった。

「ミイラの右目は、背後から伸びた木の根に貫かれとった。不憫に思って根っこを切り落としたら、なぜかおれの頭痛や眼の痛みもすっと引いたんや」

信じられない話だったが、いずれにしても和成はこのような経緯で間歩を使ったアリバイトリックを思いついたようである。

「江戸時代に起きたっていう抜け首の話も、間歩と一緒に代々伝えられてたんだね。そしてその話をもとに、妖怪騒ぎを再現させたんだ。さっき、罪をなすりつけるんじゃなくて不可能犯罪にしたかったって説明したけど、その理由がここにある。加賀屋家の先祖が抜け首だったたって話を、現代にも広めようとしたんでしょ？　和成さんが復讐したい相手は、蔵之介さんじゃなくて加賀屋家の先祖だったんだ。和成さんにとって一番恨むべき相手はご先祖様だもんね。蔵之介さんを殺害することも、その首を切断したことも、本当は加賀屋家の名誉を貶(おとし)めるための手段でしかなかった」

　和成が感心したように吐息を漏らした。そして、もうなにも弁明することはないというようにゆっくりと首を振る。

「まいった。降参や」

　和成が自嘲するように笑みを浮かべた。猪口が小紫に目配せし、和成を連行しようとする。和成は抵抗する素振りも見せず、おとなしく付き従った。

　三人が玄関を出るとき、階段の軋み音が聞こえてきた。早川は咄嗟に歩美と目を合わせ、茶の間から廊下に飛び出す。

　ただならぬ気配を察して起きてきたのか、廊下の先には雅がいた。雅は状況が呑み込めていないらしく、きょとんとしている。だが、やがて和成がどこかに連れていかれそうだと理解し、途端に怯えた顔をした。

「お父さん、どこに行くの？」

　藤子は茶の間から出ると、雅に「なにも心配ないよ」と声をかけた。

　廊下に立って雅の視界を塞いだのは、連行される和成を見せないようにという配慮だろうか。猪口と小紫が和成を乗せて車を出すと、屋敷には重苦しい沈黙だけが残った。その沈黙を埋めるように、何度も風が吹いて山の木々をざわめかせた。

　二軒の蔵元で起きた連続殺人事件は、このようにして幕を下ろしたのである。

エピローグ

春になり、間歩は到頭完成の日を見た。

「これで今年からは、旱魃が起きても怖い物無しだぞ」

暗い間歩の中で、吉兵衛はシメダシを眺めて満足気に云った。田植えの季節を前に、間歩浚いをしようと庄助を呼び出したのである。これは、日穴から落ちてきた枯れ葉や枝を掻き出す作業のことであった。

「皆が鱈腹食える程の米が収穫できれば、余った分でおれは酒を拵えようと思う。間歩の水は水質も飛び切りじゃ。きっと美味（うま）い酒が醸せる」

と自信有り気に云うのであった。

庄助は以前からどうしても気に掛かっている事があり、我慢できず吉兵衛を問い質（ただ）した。

「吉兵衛、いや、吉兵衛殿。一つお伺いしたい事があります」

「なんじゃ。云うてみよ」

庄助が云い淀（よど）んでいると、吉兵衛はじれったそうに、「ええい、なんじゃ」と剣突（けんつく）を食わせるのであった。その声が間歩の中で不気味に反響し、庄助の耳朶（じだ）を打った。

「吉右衛門殿は、本当に妖怪だったのでしょうか」

「きさま、お役所の判断にけちを付けるつもりか」

「おれァ土を捏（こ）ねくり回すしか能がねえですが、その分、土の事は誰よりわかっとります。吉右衛門殿の首が見つかったドロ田は、云い方ァ悪いですが、手入れができていたとは言い難く、あのころは雨も降っておりません故、乾きつつありました。それにしては朝になって泥の量が多かった気がするんです。あの田は吉兵衛殿が畝っておりましたから、そこんところをなんぞ知らんかと気になりまして」

　庄助は、足跡が無い事の方が不自然だと思ったのである。ドロ田は吉兵衛が耕作していたのだから、吉兵衛の足跡が付いているべきなのである。それが無いというのは、まるで事が起きることを見越し、疑いを掛けられぬよう随分前からドロ田に近付いていなかったみたいである。

　そもそも足跡を付けずとも首を捨てることはできるのだ。農作業が終わって百姓らが田から引き揚げたあと、間歩の水路を溝板で堰きとめ、水が田圃に集中的に流れ込む様にする。そこに田舟を浮かせて田面を渡れば、足跡は残らずあたかも首だけが飛んできた様になるのだ。首を捨て終えた後は溝板を外すことで水を流せばいい。ドロ田なのだから土が湿っていても誰も疑問に思わないはずだ。

　吉兵衛は庄助の胸倉を掴み、大声で怒鳴った。

「兄が抜け首だった事はおれがこの両の目で見たのだ。それを、見てもいない貴様が好き勝手吐かすとはどういう料簡だ！　お役所すらお認めになったものを、きさまの如き土百姓（どんびゃくしょう）奴が」

　そして吉兵衛は、「もう一度その様に不埒（ふらち）な事を口にすれば、奉行所に願い出て牛裂きにしてやるぞ」と凄んでみせるのであった。

「おれを牛裂きにすると云うですか。吉右衛門殿の様に」

　吉兵衛が動きを止めた。

「昔はそんな恐ろしい罰があったと聞いとります。おれが思うに吉右衛門殿の首も牛裂きの様にされたんじゃないでしょうか。あの夜は吉右衛門殿の馬の嘶きが酷うございましたから、もしかするとあの馬で首を――」

　庄助が言い終わるのと、土手っ腹に衝撃が響くのはほぼ同時だった。目から火が出たかと思った。庄助の腹には包丁が突き刺さっていた。

「いらん詮索なんぞせんけりゃええものを。おれが阿呆を装っておったのは、兄の目を暗ます為じゃ。知恵者は次第に手に負えんくなるから始末するというのが兄の考えじゃったからな。出る杭は打たれるぞ。肝に銘じろと云ったところで、きさまには手遅れだが」

　吉兵衛は灯明皿の火を摘み、「きさまは小作料を納められずに行方を暗ました事にしてやる」と言い残して取水口の方へと下って行った。そして庄助は闇の中に取り残されたのである。

　庄助は手で腹の穴を押さえたが、血は止め処無く溢れて間歩の水を汚した。体が刻一刻と冷えてゆくのを感じ、死を悟った。間歩掘りをする前に、忠八に間歩錦を託していたことだけが、唯一の救いであった。

「吉兵衛奴、おれはきさまを許さんぞ」

　今際の際に、庄助は最期の力を振り絞って呪詛の言葉を吐いた。その声には血が滲んでいた。

「おれはきさまを許さんぞ。きさまの家を末代まで祟ってやる。この間歩の中で果てようとも、怨霊となってきさまを殺してやる。なんとしても殺してやる」

　命が尽きるその瞬間まで、庄助は吉兵衛を呪い続けた。

「殺してやる。なんとしても殺してやる」

　そして庄助は、一生吹山の地下深くで息絶えたのである。

◇

事件の翌月、早川は再び巽人形堂を訪れた。からくり人形『現身』を藤子に渡すためである。

事件を受けて歩美は加賀屋酒造を廃業することにした。どれだけ『間歩守』が優れた酒でも、もはや飲みたがる者はいないだろう。結局和成は、自身の手で『間歩錦』さえも葬ってしまったのである。

蔵人たちは別の蔵に働き口を求めたが、早川は加賀屋酒造以外で酒を醸したいとは思わなかった。

そして加賀屋酒造が廃業すると同時に、早川の中にあった歩美や加賀屋家に対する忠誠心もまた消え失せてしまったのだった。

「おまえは加賀屋家に対する恩義があるでしょう。勝手にこの屋敷を出ていくことは許しません」

歩美は居丈高にそう言って、早川を屋敷に縛りつけようとした。蔵之介が殺され、和成は捕まり、蔵人たちまで離れていき、内心は心細かったのかもしれない。そんな歩美の姿に、早川は些(いささ)かの美しさも見出せなくなっていた。早川を惹きつけて止まなかった歩美の美しさは、いまになって思えば、ある種の権威によって高められていたのである。ゆえにその権威を失くした後も威光を振るおうとする歩美が、なんとも卑しくみっともないと早川は思った。

「黙りなさい」

早川は歩美の頬をはたき、屋敷を出た。去り際に雅が譲ってくれた『現身』を持って。

雅から『現身』を渡されたとき、早川はようやく理解できた。雅はわざとこの人形を壊したのだと。だから藤子が修理したとき、悲しそうな表情を見せたのだ。

ゼンマイ仕掛けの傀儡師が紐を引くと踊りだす台の上の人形。雅はその小さな人形に自身を重ね合わせていたのである。酒蔵に生まれ、蔵之介や歩美から厳しい教育を施され、藁縄や麴蓋の作り方を教えられる。まるで自分の人生などなく、決まりきったことしかしてはならないというように。だから雅は早川にこのからくり人形を渡し、自分なりの人生を模索し始めたのだろう。

『現身』を譲り受けた彼女は、少し悩んだ末、藤子にこの人形を渡そうと思った。自分などが持っていても詮ないことである。

人形堂に到着すると、なぜか店の前には見慣れたスカイラインがとまっていた。そして、店の中から野太い声が聞こえてくる。

早川が入口から中を覗き込むと、店の間に猪口と小紫の姿があった。

「だからー、おれがボケでコムがツッコミだったんだって。警察あるあるのネタなんかスベり知らずだったんだぞ」

「ホントに漫才やってたんだね。そんなに腕毛が濃いのに」

「腕毛は関係ないでしょ」

漫才なんて冗談だと思ってたよ、と言った藤子が、店の入口に立つ早川を見つけ、表情を明るくした。

「早川さんじゃん、久しぶり!」

「お久しぶりでございます。お邪魔してしまい申し訳ございません。刑事さんがいらしてたのですね」

猪口がこちらを振り返り、その節はどうも、と頭を下げた。

「我々は少し立ち寄っただけなんでね、お構いなく」

すかさず小紫が合いの手を入れる。

「立ち寄っただけなんていらない嘘ついちゃって。クソ忙しいのに、ぼくまでつき合わせてわざわざ会いに来たんじゃないですか」

「やかましいわ」

猪口は小紫をど突きながら、「散々事件について知りたそうにしてたから、軽く報告くらいはしてやろうかと思ってな」とまるで弁明するように言った。

「すでに加賀屋和成は全面的に自供しているが、藤子ちゃんの推理通り、蛭川氏の上着から加賀屋酒造の酵母菌が検出されたよ。それに、釜場の和釜の下から、シリコンゴムの成分も検出された。蛭川の殺害に使われたらしき櫂棒は、一生吹山の雑木林に投げ込まれとった」

いずれも藤子の推理を裏づけるものである。和成はすべて自供したようだが、それでも警察はあれこれ裏取りしなければならず、大変そうだった。

「でも、まだひとつだけわからないことがあるんだ」

藤子は得心がいかないというように表情を曇らせて言った。

「わからないこと？」

「うん。和成さんの動機についてなんだけど……」

早川には藤子がなにを悩んでいるのかわからなかった。和成は復讐のために事件を起こしたと語っていたからだ。かつて奪われた土地を取り返し、代わりに自分が先祖から受け継いだ『間歩錦』を栽培する。そして次期当主となり、加賀屋酒造を奪うことが目的だったのだと。

「蔵之介さんは隠居を考えていて、自ら和成さんに当主の座を譲ろうとしていたよね。ってことは、和成さんの復讐は、蔵之介さんを殺害しなくても成立したってことでしょ？　殺す必要はなかったんじゃないかなって」

猪口は小紫と顔を見合わせたあと、少し困惑した様子でこう言った。

「それについて、やっこさんがおかしなことを供述しとってな。ちょっと扱いに困っとんのや……」

「おかしなこと？」

「ミイラを見つけた夜、奇妙な夢を見たんだとよ。暗い間歩ん中で、自分が蔵之介氏に刺し殺される夢やて言うんや。和成は夢の中で殺されながら、強烈な憎悪とともに復讐を誓った。そして悪夢を見てからというもの、頭の奥から声が聞こえるようになったと。『殺してやる、なんとしても殺してやる』って声が」

猪口の説明に続けるように、小紫が言い添えた。

「奴は二人殺してるからな。妙な発言で心神喪失を装って、情状酌量を狙おうって腹なんだろう。警察ではそう解釈してるよ」

「ねえ、その声は、いまでも聞こえてるのかな」

「いや、蔵之介氏を殺害して以来、聞こえなくなったらしい。まるで呪いだな。どうせ作り話だろうけど」

「呪い、か……」

なぜか藤子は満足そうな、ようやく腑に落ちる答えが得られたとでもいうような笑みを浮かべてうなずいた。

「呪いといえば、もうひとつ奇妙なことがあってな。昨年末から目撃されてた空飛ぶ生首の件、概ね藤子ちゃんの推理通りやったんやけど……」

猪口が躊躇うように言いよどんだ。

「目撃者は首を見ただけじゃなく、笑い声まで聞いたって証言しとる。偽物の首なら笑い声なんて聞こえるはずないやろ？　まあ恐怖で錯乱した目撃者が、風の音を笑い声と聞き違えたってことで手打ちになるやろうけど……」

一瞬、妙な沈黙が人形堂に漂った。間を埋めるように電車の音が遠くから聞こえてくる。

「さあ、じゃあ我々はおいとましようかな。藤子ちゃん、早川さん、元気でな」

「また遊びにおいで、人形堂はいつでも開けてあるから」

猪口が気さくに手を振る一方で、小紫は「もう来ねえよ」と悪態をつきながら出ていった。

二人の刑事の姿が見えなくなるまで見送った後、早川は藤子に『現身』を手渡した。

「やはりこれは、藤子さんが持つべきだと思います」

藤子は『現身』を受け取ると、大事そうに両腕で抱え、板の間に運び込んだ。

「あの、ひとつおうかがいしたいのですが、田んぼを見学していた際、長島さんが口を滑らせてなにかを言いかけましたよね。『ああなるのも無理は――』と。あれはどういう意味だったのか、見当がついておりますでしょうか。事件が解決したあとも、長島さんはけして口を割らず、ついに教えてくれなかったのでございます」

早川は何度も粘り強く長島にたずねたのだが、長島はついになにも語らず、加賀屋酒造を去ってしまった。

「へーえ。長島さん、なかなかいい奴じゃん」

藤子はなぜだか感心したような口振りである。

「それをわたしが言っちゃったらさ、長島さんの男気が台無しになっちゃうよ」

「ですが、わたくしはもう気になって仕方がないのでございます。なぜ長島さんは首を発見した直後、不自然に酒蔵と屋敷を往復しなければならなかったのでしょうか」

「うーん。……まあ、蔵人もみんな加賀屋酒造を離れたみたいだし、別に話してもいいか」

盗み聞きしている者など絶対いないにもかかわらず、藤子は声を潜めて内緒話のように小声で言った。

「コムが言ってたよね。出荷台のあたりで、不自然に放水をした跡があったって。警察はそれを見て、犯人が証拠隠滅を図った可能性を疑っていたけど、本当はそうじゃなかったんだ。長島さんには、武士の情けで大か小かは聞かないでおいてあげたよ」

「大か小？」

「だーかーらー、最初に首を発見したのは、臆病で気の弱い相川さんだったでしょ？　薄暗い酒蔵で、いきなり生首を見たんだ。誰だってビビると思うけど、臆病な相川さんには刺激が強過ぎた。それできっと、ちびっちゃったんだよ」

「ちびった？」

あまりに予想外のことを言われ、早川は一瞬思考が停止してしまった。ちびった、などという言葉が、陰惨な事件の話に登場するとは思っていなかったからである。

「長島さんは警察や他の蔵人が来る前に、相川さんの一生の恥を隠してやろうと思った。寮は一生吹山の麓にあるでしょ。だから屋敷で遺体を確認したあと、酒蔵に戻るふりをして素早く寮に立ち寄り、替えのズボンや下着を取ってきたってわけ。出荷台のあたりに水が撒かれてたのは、警察が到着する前に慌てて掃除したからだろうね」

早川は軽い気持ちでたずねたことを恥じ入った。つまらない好奇心のために、絶対に聞いてはならないことを聞いてしまったのである。だが、聞くは一時の恥、聞かぬは一生の恥だと思い、彼女は悩みに悩みながら、もうひとつだけ藤子に質問することにした。

「まだなにか気になることがあるの――？」

藤子は『現身』にかけられた厚手の布をほどきつつ、気の抜けたような返事をする。

「麴蓋についてでございます」

藤子の手がぴたりと止まった。

「和成様が蔵之介様の首を切断し、酒蔵に置いたあと、抜け首の妖怪に見せるため麴蓋を被せたというのはわかります。ですが、麴蓋に血はほとんど付着しておりませんでした。つまり、麴蓋は首の切断後、かなり時間が経ってから置かれたことになります。和成様は、なぜわざわざ時間が経ってから麴蓋など被せに行く必要があったのでしょうか」

藤子はこちらに背を向けたまま、なにも答えようとしない。その沈黙こそ、なにより早川の推理を肯定していた。彼女は意を決して言い放った。

「遺体の切断面に麴蓋を被せたのは、本当は和成様とは別の人物によるものではないでしょうか。あの麴蓋は、殺人者の和成様すら与り知らぬことだったのではないか、わたくしはそのように考えてしまうのです」

「別の人物って？」

「雅様でございます」

藤子がようやく振り向いた。その視線には、それ以上なにも言わないでほしいという思いが込められているように感じた。だが、早川は言葉を止めることができなかった。

「蛭川さんから抜け首の話を聞いた夜、雅様はご自身の目で事実を確かめようと、夜中に蔵之介様の部屋に忍び込んだのではないでしょうか。そして、首無し死体を発見してしまった。問題はそのあとでございます。雅様はそれを死体だとは思わず、祖父の胴体から首が抜けた姿なのだと思ってしまったのです。雅様は、日ごろから蔵之介様を恐れており、そのためか寡黙な性格に育ちました。愛情を注がれたことなどないと思われていたかもしれません。できることなら蔵之介様がいない、平和でありきたりな家庭に育ちたいと思っていたことでしょう。そして、あの夜を千載一遇の好機と捉えたのでございます。遺体の切断面に麴蓋を被せることで、蔵之介様の首が飛んで帰ってきても、胴体に戻れないようにした、つまり蔵之介様を殺害しようとしたのでございます。死体を殺そうとした、という矛盾のもとで行われた犯行のため、あのように奇怪な状況ができあがったのです」

そして早川は藤子に、いかがでしょうか、と問いかけた。

「早川さん、それは無理があるよ。いくら八歳の子どもだからって、首無し死体を見て、抜け首の噂を信じると思う？」

藤子はことさらにおどけた様子を見せる。

「はい。思います」

早川は言葉に力を込めて応じた。

「雅様がそのような特異な思い込みに至るには、雅様のご病気が関係しておりました。藤子さんも雅様の頭を撫でられた際にお気づきになられたのではないでしょうか。雅様はたびたび手足に痣ができたり、頭にたんこぶができておりました。雅様は眠りながらに立ち歩いてしまう病を患っていたのでございます。夜、睡眠下の状態で歩くため、気づかぬうちに手足や頭をぶつけてしまうのです。厄介なことに、雅様の脳裏には、そのときの記憶の断片だけがぼんやりと残ってしまうのでしょう。その不思議な記憶をどのように解釈したのか……。きっと、ご自身も蔵之介様のように抜け首となって、夜中にさまよっているのだと誤解されたのでございます」

蛭川が殺害された日、車中で藤子が言った言葉が思い起こされる。

——早川さんも隠し事はなしにしよう。あるよね？　わたしに隠してることが。

藤子は、早川が話す前から雅の病気を見抜いていたのである。

早川の推理を聞いても、藤子は肯定も否定もしなかった。ただ曖昧に笑いながら、困ったような顔を見せるばかりである。

早川が本当に聞きたかったのは、「麴蓋を被せた犯人について、藤子も見当がついていたのではないか」ということである。

あれほどの推理の冴えを披露した藤子である。麴蓋に血が付着していなかったことを、疑問に思わなかったとは考えられない。

思えばあのとき——、和成が麴蓋を被せたのだと推理したとき、藤子は和成に目配せして、和成がなにか言おうとするのを制していた。当時はあの仕草がなにを意味するのかわからなかったが、いまなら理解できる。

あの瞬間、藤子は雅のしたことについて一切言及しない代わりに、和成に自身が行ったと主張するよう目で訴えたのだ。雅の行いが何らかの罪に問われるかは不明だが、そこに殺意があったことは確かだからである。そして和成もその意図を察し、暗黙の取り決めを交わしたのだろう。

和成が連行される際、雅が不安げな顔をしていたのもそのためだったのだ。きっと自分もなんらかの罪に問われると幼心に恐れていたのだろう。以前藤子は、のっぺらぼうの人形の面を見せて、雅の心象風景を確認していた。不気味、怖いという心境は、きっとこのときの体験から来ているのである。だから藤子は、「なにも心配ないよ」と雅に伝えて安心させたのだ。

いまになって振り返れば、藤子は最初にこの不自然な麴蓋を見たときから、すでに雅の関与を疑っていたのだろう。そして雅の心を救うため、事件解決に躍起になったのだ。猪口の言う通り、藤子は優しい性格なのである。

早川はこれ以上なにも詮索するまいと決めた。真実を追求することに、もはやなんの意味もないからである。ただ人を不幸にするだけの真実など、闇に葬る方が世のためだと思った。

早川は立ち尽くし、壁に立てかけられた鏡に映る自分の姿を眺めた。若かったころは、なにか劇的な事件でも起きれば自分の人生も変わるかもしれない、明るく好転するかもしれないと考えたことがあった。そして彼女が淡く望んでいた通り、劇的な事件は突如として訪れた。殺人が起き、蔵之介と蛭川が死に、加賀屋酒造はなくなった。短期間に様々なことが起きたのに、自分だけはなにも変わることがないのだと、彼女は暗い気持ちになった。

「ありがとね」

ふと、藤子が感謝の言葉を口にした。早川はなんのことやらさっぱりわからず、最初は自分に向けられた言葉なのかどうか疑ったほどである。

「間歩に入るとき、本当はちょっとだけ怖かったんだ。暗い夜に洞穴に入るなんてぞっとするよね。早川さんが一緒にいてくれてよかったよ」

その言葉で、彼女は自分の存在がようやく肯定されたような気がした。

早川と違って藤子は自由だった。何ものにも囚(とら)われていないのである。人の評価を気にすることなく、からくり人形師という家系にも縛られず、自由に生きることで多くの人を惹きつけている。

一方、早川は常に人の目を恐れ、なるべく目立たないように生きてきた。自分も藤子のように自由に生きれば、自分のことを好きになれる日が来るのかもしれない。

叶(かな)うことなら、藤子のそばで自由な生き方に触れたいと、彼女は厚かましいことを承知で願い出た。

「この早川、今日から行く当てのない身でございます。もしよろしければ、藤子さんのお仕事を手伝わせていただけないでしょうか」

はたして、藤子は嬉しそうにうなずいてくれたのである。自分の人生はいまようやく始まったのかもしれないと、早川は思った。

本作品は書下ろしです。

※この作品はフィクションであり、実在する人物・団体・事件などには一切関係がありません。

白木健嗣（しらき・けんじ）

1989年、三重県四日市市生まれ。愛知淑徳大学文化創造学部卒業。日本マイクロソフト株式会社勤務。2021年、『ヘパイストスの侍女』で島田荘司選第14回ばらのまち福山ミステリー文学新人賞受賞。'22年に同作でデビュー。

抜け首伝説の殺人 巽人形堂の事件簿

2023年10月30日　初版1刷発行

著　者　白木健嗣

発行者　三宅貴久

発行所　株式会社 光文社

〒112-8011　東京都文京区音羽1-16-6

電話　編　集　部　03-5395-8254

書籍販売部　03-5395-8116

業　務　部　03-5395-8125

URL　光　文　社　https://www.kobunsha.com/

組　版　萩原印刷

印刷所　新藤慶昌堂

製本所　国宝社

落丁・乱丁本は業務部へご連絡くだされば、お取り替えいたします。

ISBN978-4-334-10055-1